9

북미혼 신무협 장편소설

창룡군림

PAPYRUS ORIENTAL FANTASY

1장 ·· 7

2장 ·· 33

3장 ·· 59

4장 ·· 85

5장 ·· 111

6장 ·· 137

7장 ·· 173

8장 ·· 209

9장 ·· 235

10장 ··· 261

1장

 무황도에 도착한 남궁백준과 남궁의영은 그를 마중 나온 남궁세가의 제자들과 반갑게 인사를 했다.
 무림맹에 파견 나와 무림맹에 소속이 되어 있는 남궁세가의 제자들의 수는 백여 명에 달했다.
 그들의 환대를 받은 남궁백준은 잠시 그들을 토닥이더니 급히 진무성에게 돌아갔다.
 "진 대협, 맛도 좋고 가격도 싼 곳을 알았습니다."
 "소가주님은 안 가십니까?"
 "무황도에 들어온 문파의 책임자는 우선적으로 무림맹에 등록을 해야 합니다. 등록을 하고 곧 돌아오겠습니다."

남궁의영은 포권을 하고는 남궁초와 함께 총단 쪽으로 사라졌다. 양철웅은 남궁초의 배려로 혼자 남을 수 있었다.

"가시지요?"

남궁백준은 무림맹에 볼일이 있어 온 것이 분명했지만, 남들이 보기에는 마치 진무성을 만난 것이 주 목적인 것처럼 보일 정도였다.

"사람들도 많고 고을도 굉장히 크네요?"

주루의 이 층에 자리 잡은 진무성은 창밖을 보며 놀랍다는 듯 말했다.

그의 말대로 이곳이 무림맹 총단이 있는 곳이 맞나 싶을 정도로 대단히 번화했다. 보통 현과 다른 점이 있다면 거의 모든 사람들이 무기를 들고 있거나 매고 있다는 점이었다.

"무림맹에서는 한 달에 서너 번은 맹도를 뽑습니다. 그러다 보니 많은 무림인들이 항상 모인 채로 기다리고 있습니다."

"그렇군요. 저기 보이는 전각들이 무림맹 총단인가 보지요?"

"맞습니다. 상주 인원이 만 명에 달하는 엄청 큰 곳입니다."

"정말 대단하군요?"

무림인 한 명이 보통 군사 열 명 이상을 상대한다 쳐도 무려 십만 명이 넘는 군사가 모여 있다는 계산이 나온다.

황실에서 무림의 동향에 촉각을 세우는 이유가 있었던 것이다.

"그런데 진 대협은 어디로 가시는 중이셨습니까?"

"악양으로 가는 중이었습니다."

그러자 남궁백준의 눈에 이채가 나타났다. 오늘 그들이 무림맹에 온 이유가 바로 진무성 때문이었기 때문이었다.

"그럼 요즘 악양을 중심으로 퍼지는 소문에 대해서는 들으셨습니까?"

"당연히 들었습니다. 그래서 지금 해결을 하고 오는 중이었습니다."

"해결이요?"

"제가 듣기로 이미 소문이 변하고 있다고 하던데 아마 곧 완전히 달라질 것입니다."

남궁백준의 눈에 의아함이 나타났다. 무엇을 어떻게 해결을 했다는 것인지 알 수가 없었기 때문이었다.

하지만 그는 분명 반전이 일어날 것이라는 점은 믿었다. 바로 상대가 창룡이기 때문이었다.

둘의 대화를 듣고 있는 양철웅은 마치 가시방석에 앉은 것처럼 안절부절하고 있었다.

대화의 내용도 알 수 없었고 자신이 끼어 있을 자리인지조차 알 수 없을 정도였다.

"남궁 대협, 아무래도 잠시 자리를 좀 피해 주십시오. 양 소협께서 너무 어려워하시는 것 같습니다."

남궁백준은 양철웅을 한 번 보더니 미소를 지으며 그의 어깨를 토닥거리며 말했다.

"노부가 너무 내 생각만 했구만, 이름이 뭐라고 했지?"

"무호단 소속 양철웅입니다!"

"내가 무검단 단주 남궁백룡의 형일세, 어려운 일이 생기면 언제든지 남궁 단주에게 도움을 청하게 내가 말해 놓겠네."

무림세가 이전에 무장의 집안이었던 양가는 잦은 전쟁으로 인하여 너무 많은 인재들을 잃으면서 가문의 세력이 반 이상 줄어 버린 대표적인 세가였다.

문제는 세력보다 너무 많은 무공을 실전했다는 점이었다.

군부에서는 여전히 양기율을 비롯하여 여러 명의 장군을 배출했지만 예전에 비하면 너무 적었고 무림에서의 명성은 더 이상 영향력을 발휘하기 어려울 정도로 떨어져 무림맹에서도 발언권이 거의 없다시피했다.

그런데 지금 남궁세가의 장로가 무림맹 무력단 단주를 그의 뒷배로 만들어 주겠다고 하는 것이 아닌가……

"가, 감사합니다."

"진 대협과 친구면 남궁세가와도 친구라 할 수 있네. 너무 어려워 말게."

무림의 세가들에게 오대세가 중 수좌로 불리는 남궁 세가와 친구가 된다는 것은 그 자체로 엄청난 힘이 될 수 있는 것이 무림 세력의 역학 관계였다.

양철웅의 인사를 받으며 일어선 남궁백준은 진무성을 보며 말했다.

"음식값은 제가 다 지불하겠습니다. 두 분 편히 대화 마치시고 나오십시오."

남궁백준이 주루를 나가자 진무성이 양철웅을 보며 어색한 미소를 지며 말했다.

"다 같이 식사를 하자고 했는데 결국 우리 둘만 남았습니다."

"그, 그러게 말입니다."

"양 소협, 이러지 마시라니까요."

양철웅의 얼굴이 아까보다 더 긴장으로 경직된 것을 보자 진무성이 다독이듯 말했다.

"진 대협, 진짜 정체가 무엇입니까?"

"정체요? 제 정체에 대해서 양 소협만큼 잘 아시는 분이 몇 명이나 되겠습니까? 가욕관 불사신 진무성 군관입니다."

"틀림없으시지요?"

"당연하지요."

양철웅 역시 진무성을 의심할 여지가 없음은 잘 알고 있었다. 하지만 지금 그의 앞에서 벌어지는 상황이 전혀 이해가 되지 않았다.

"그런데 양가에 무슨 문제가 있습니까?"

"본 가예요? 글쎄요? 제가 알기로 특별한 문제는 없는 것으로 압니다만……."

"양가라면 무림에서 상당한 명성을 지니고 있는 것으로 알고 있었습니다. 그런데 제가 강호에 나온 후, 양가 분들에 대한 말을 많이 듣지를 못했습니다."

진무성의 말에 양철웅은 침통한 표정으로 답했다.

"원나라가 침공할 때 본 가가 거의 멸문지화를 당했을 정도로 크나큰 피해를 입었습니다. 겨우 좀 피해를 극복하나 했는데 제황병의 난이 일어나며 본 가가 헛소문에 휩쓸렸습니다. 그때, 또 많은 분들이 피살을 당하셨고요. 그 바람에 본 가의 많은 창술이 실전이 되고 말았습니다."

'장군님께서 양가 얘기를 할 때마다 얼굴이 어두우셨던 이유가 있었구나…….'

잠시 생각하던 진무성은 환하게 웃으며 물었다.

"제가 조만간 양가를 한 번 방문하겠습니다."

"진 대협께서요?"

진무성이 왜 방문을 하겠다는 것인지에 대한 설명은 없었지만 절대 양가에 해가 될 일은 아니라는 것을 직감한 양철웅은 포권을 하며 말했다.

"진 대협께 정말 감사드립니다. 꼭 한 번 들러서 본 가에 힘을 좀 불어넣어 주십시오."

"제가 그 정도로 힘이 있는 사람이 아니라는 것은 양 소협께서 더 잘 아실 텐데 그렇게 말씀하시면 제가 민망합니다."

"아닙니다. 숙부님께서 제게 하신 말이 있었습니다."

"장군님께서요? 무슨 말을……."

"진 대협께는 다른 사람이 모르는 뭔가가 있다고요. 사실 그때는 무슨 말인지 이해를 못했는데 오늘 보니 그 말의 의미를 알 것 같습니다."

그의 말을 들은 진무성의 뇌리에 자신을 근엄하게 가르치던 양기율의 모습이 스쳐 갔다.

그는 최대한 빨리 황도에 다녀와야겠다고 다시 다짐했

다. 더욱이 지금 그의 모습에서 예전의 진무성의 모습이 보이지 않는 것도 황도를 다녀와야겠다고 결심을 하는 데 큰 몫을 하고 있었다.

그때, 요리가 나오기 시작했다.

그런데 음식을 가지고 온 사람이 점소이가 아닌 노인이었다.

음식을 내려놓은 노인을 보는 진무성의 눈에 이채가 나타났다. 노인의 무공이 남궁백준을 한참 상회할 정도로 높다는 것을 느꼈기 때문이었다.

"연세도 많으신데 어찌 직접 가지고 오셨습니까?"

진무성은 급히 그릇을 받아 직접 탁자에 놓으며 물었다.

"노부는 이 주루의 요리사인데 점소이 말이 아주 귀하신 분이 왔다는 말을 듣고 직접 가지고 나왔습니다. 그저 귀하신 분께 제 요리에 대한 감상을 좀 듣고 싶어서이니 부담은 가지시지 않아도 됩니다."

무림맹에 속해 있는 현이라서 그런지 오가는 사람들 뿐만 아니라 점소이까지 무공을 알고 있다는 것은 진무성도 놀란 일이었다.

그런데 일개 요리사의 무공이 이렇게 높다는 것은 사실 의외였다.

"뭔가 잘못 아신 것 같습니다. 전 우연히 이곳에 오기는 했지만 귀한 분이라는 것은 어불성설입니다."

"남궁세가의 남궁백준 장로가 아무한테나 그렇게 공손하게 대하시지는 않지요. 너무 겸손하시면 남궁 장로의 체면을 깎는 일이 됩니다."

교묘하게 남궁백준을 끌어들여 솔직히 말하지 않으면 남궁백준이 이상해진다고 말하는 노인.

'누구지?'

진무성의 촉각에 잡힌 것은 그가 남궁백준을 끌어들였다는 것이었다. 남궁세가와 아주 잘 알면서, 남궁백준보다 배분이 높지 않다면 함부로 할 수 없는 말이기 때문이었다.

"제가 귀한 사람은 아니지만 남궁 대협을 부끄럽게 만들 정도의 사람도 아닙니다."

"허허허! 늙은이의 그냥 지나가는 말을 너무 심각하게 받아들이신 것 같구료. 노부가 사과하리다."

"아닙니다. 어르신께서 사과까지 하실 일은 아니지요."

노인은 갑자기 자리에 앉았다.

"노부가 귀한 술도 한 병 가지고 왔는데 한 잔 따라 줘도 되겠습니까?"

노인은 진무성이 허락하기도 전에 이미 술병을 따고 있

었다. 그의 말대로 귀한 술인지 향기로운 향이 순식간에 주위를 덮을 정도였다.

진무성의 잔에 술을 가득 따른 노인은 양철웅의 잔에도 술을 따랐다.

양철웅은 노인의 정체를 아는 듯 온몸이 경직되어 술잔에 손을 갖다대는 것조차 못하고 있었다.

사실 양철웅 역시 노인의 정체를 정확히는 알지 못했다. 하지만 무림맹의 최고위직 인물들 중 여러 명이 밖에서 생활하며 주위 사람들을 감시하고 있다는 것은 알고 있었다.

노인이 분명 그들 중 한 명이라는 것을 직감한 것이었다.

"어르신은 제가 따라드리겠습니다."
"그래 주시겠소? 허허허! 이거 정말 영광입니다."
노인은 술잔을 든 손을 진무성을 향해 쭉 뻗었다.

진무성은 술잔을 들더니 조심스럽게 그의 잔에 술을 따르기 시작했다.

술잔을 내밀고 그 술잔에 공손히 술을 따르는 모습은 주루라면 어디서나 볼 수 있는 너무도 평범한 상황.

하지만 주위에 서 있는 점소이들의 얼굴은 이상할 정도로 긴장한 표정이었다. 노인이 나오는 순간 일이 생긴다는 것을 그들은 경험적으로 알고 있었기 때문이었다.

술잔이 가득 차자 노인은 다시 술잔을 진무성에게 내밀며 말했다.

"이렇게 만난 것도 인연인데 술잔이라도 부딪쳐야 기쁨이 배가 되지 않겠습니까?"

"젊은 제가 어르신의 술잔을 부딪친다면 예의가 아니겠지요. 하지만 어르신의 말씀을 거절하는 것은 무례가 될 것이니 말씀을 받겠습니다."

진무성의 술잔과 노인의 술잔이 살짝 부딪쳤다. 그리고 잠시 노인의 눈가가 부르르 떨렸다. 하나, 진무성은 아무렇지 않다는 듯 술잔을 입으로 가져가더니 시원하게 입에 털어 넣었다.

노인은 놀란 눈으로 그런 진무성을 쳐다보더니 그제야 눈치챈 듯 자신의 술잔을 입으로 가져갔다.

무엇이 그를 술잔을 입으로 가져가는 것까지 잊을 정도로 놀라게 했을까……

"혹시, 노부가 이름을 물어봐도 결례가 되지는 않겠지요?"

"제 이름은 진무성이라고 합니다."

'진무성……?'

노인은 진무성이라는 이름이 전혀 기억이 나지 않자 의

아한 표정으로 다시 물었다.

"무공이 대단한데 노부가 어찌 아직도 이름을 들은 적이 없을까요?"

노인의 말에 양철웅은 어리둥절한 표정으로 진무성을 쳐다보았다.

정면으로 겨우 한두 자 정도 가까이 앉아 있는 그로서는 진무성이 무공을 사용했다면 분명 뭔가 보았어야 했지만 무공을 사용하는 정황을 전혀 느끼지 못했기 때문이었다.

그의 무공 수준으로는 노인과 진무성이 술잔이 오가는 상황에서 십 초가 넘는 공방을 했다는 것을 알아챌 수 없었다.

더욱이 내공까지 견주었다는 것은 상상할 수도 없었다.

"제가 무명소졸이니 그렇겠지요."

그리고……

잠시 생각하던 노인의 입이 열렸다.

"공자, 혹시 총단에 방문해 보고 싶지 않으십니까?"

"총단이요?"

"노부가 보기에 공자께서 꼭 만나 봐야 할 분이 있을 것 같아서 말입니다."

"제가 누구인지도 모르시면서 꼭 만나야 할 분이 있다는 것이 무슨 의미인지 모르겠습니다?"

"사람이 나이가 들다 보면 저절로 사람 보는 눈이 생기는 법이지요. 이 늙은이가 보기에 공자께서 무림맹에 뭔가 할 얘기가 있는 것 같다는 느낌이 들더군요."

"무림맹에 할 얘기가 있는 사람은 저만이 아닐 것 같은데요? 그리고 죄송하지만 아직은 무림맹에 들어갈 때가 아닌 것 같습니다."

진무성의 말에 노인의 표정이 살짝 변했다. '들어갈 때'라는 문장에서 뭔가 의미가 있다는 느낌을 받았기 때문이었다.

"총단에 들어갈 시기가 따로 있다는 말로 이해해도 되겠습니까?"

"정파에서 가장 중요시하는 것 중의 하나가 명분이 아니겠습니까? 지금 들어간다면 제 사문부터 시작해서 총단을 찾은 이유까지 다 설명을 해야 하지 않겠습니까?"

"저랑 같이 들어가면 귀찮은 절차는 다 생략할 수 있습니다."

"그렇습니까? 하지만 전 어르신 때문에 절차를 생략하는 방문이 아니라 제 이름을 걸고 당당하게 방문하고 싶습니다."

"알겠습니다. 그럼 언제쯤 오시게 될 것 같으십니까?"

"정확한 날짜는 말씀드리기 어렵습니다. 하지만 그리 오래 걸리지는 않을 것은 확실합니다."

"알겠습니다. 그럼 즐거운 식사 시간이 되십시오."

노인은 생각 외로 더 이상 강요하지 않고 흔쾌히 인사를 하고는 자리를 떴다.

"양 소협."

"예."

"저 어르신에 대해 혹시 아시는 것이 있습니까?"

"저도 누구신지는 알지 못합니다. 다만 무림맹 대원들 사이에서 떠도는 말은 있습니다. 하나…… 규율이 있어서 제가 말씀을 드릴 수는 없습니다. 이해해 주십시오."

무림맹 소속으로 무림맹에서 일어나는 어떤 사안이나 소문을 밖으로 유출하면 안 된다는 무림맹의 규율이 있었다.

"이해합니다. 그런데 무림맹의 맹도는 어떻게 뽑습니까?"

진무성은 그가 곤란하지 않도록 화제를 바꾸었다.

"간세가 들어오는 것을 막기 위해 신원 확인부터 철저히합니다. 그리고 지위에 맞춰서 무공 시험을 보지요. 만약 무림에 명성이 있으면 시험을 생략하고 그냥 뽑히는 경우도 있긴 합니다."

"그럼 양 소협께서도 시험을 보셨습니까?"

"무림맹에 속한 문파의 제자들은 시험 없이 각 문파의 어르신들이 파견하는 형식으로 보냅니다."

둘의 대화는 어느덧 가욕관에서 만났던 때로 이어졌고 다시 양기율의 젊은 시절로 옮겨갔다.

그렇게 대화 시간이 얼마나 흘렀을까……

양철웅이 조심스럽게 말했다.

"이제 시간이 돼 들어가 봐야 할 것 같습니다."

그가 남궁초에게 허락받은 시간은 한 시진이었다.

"예전에도 그랬는데 양 소협과 대화를 하면 시간이 가는 줄을 모르는 것 같습니다. 이제 무림맹에 계신 것을 알았으니 이곳을 방문하게 되면 꼭 찾겠습니다."

"예, 저도 기다리겠습니다. 육지로 나가는 배는 두 시진마다 정기적으로 운영을 합니다. 하지만 진 대협께서 원하신다면 당장이라도 나갈 수 있도록 대주님께 말씀드리겠습니다."

"아닙니다. 이왕 이곳에 온 김에 좀 구경 좀하다가 시간 맞춰 배를 타겠습니다."

양철웅이 이대로 헤어지는 것이 아쉬운 듯 보였지만 어쩔 수는 없었다.

그가 주루를 나가자마자 기다리고 있었다는 듯 남궁백준이 다시 올라왔다.

"대화가 다 끝나셨습니까?"

"저를 기다리고 계셨습니까?"

남궁백준이 가지 않고 일 층에 앉아 있는 것은 알고 있었지만 오로지 자신을 기다리기 위해서라고는 생각하지 않았던 그였다.

심지어 남궁의영까지 같이 있었다.

"진 대협과 의논할 일이 좀 있어서 기다렸습니다."

"우선 앉으십시오."

둘이 앉자 진무성은 남궁의영을 보며 물었다.

"소가주님께서 제가 누구인지 아시고 이곳에 오신 겁니까?"

"솔직히 아직 모릅니다. 숙부님께서 저보고 먼저 들어가라고 종용하셨지만 소가주로서 진 대협이 누구이신지는 알아야겠다고 생각하고 고집을 피웠습니다. 진 대협께서 가라고 하시면 가겠습니다."

"가라고 할 것이면 굳이 앉으라고 했겠습니까? 소가주님께서 진정한 협객의 풍모를 타고 나셨다는 소문은 저도 들었습니다. 계셔도 됩니다."

미소를 지으며 말한 진무성은 다시 남궁백준을 보며 말

했다.

"무슨 일인지 말씀해 보시지요."

"무림맹에서 갑자기 이상한 일이 벌어지고 있습니다."

"이상한 일이요?"

"예전에는 거의 자신의 의견을 개진하지 않고 있는 듯 없는 듯 조용하던 분들이 갑자기 창룡에 대해 극렬하게 비방하고 있습니다. 그리고 그게 개인의 의견으로 끝나지 않고 장로회의는 물론이고 무림맹의 여론까지 움직이려는 시도를 하고 있다는군요. 본 가에서 아니라고 하니 본 가까지 같이 비난을 하고 있다는 보고를 받고 제가 오게 된 것이지요."

남궁백준의 말에 진무성은 미소를 지으며 포권을 했다.

"남궁세가에서 저를 이렇게까지 보호를 해 주려고 노력을 하시니 저도 반드시 그 보답을 하겠습니다."

진무성의 말에 남궁백준 역시 기분 좋은 미소를 지었다. 그가 기다린 이유가 바로 자신들의 노력을 알리고 진무성과 친분을 더욱 돈독히 하기 위함이었기 때문이었다.

그것은 지금 그의 위상이 남궁세가를 찾아가 혈맹을 맺을 때와는 비교가 안 될 정도로 더 높아졌음을 말하는 것이기도 했다.

"본 가는 한 번 친분을 맺으면 어떤 일이 벌어진다 해도 그 약속을 반드시 지킵니다."

둘의 대화를 듣던 남궁의영의 표정이 점점 경악으로 변해 갔다. 둘의 대화를 액면 그대로 이해를 한다면 지금 그의 앞에 앉아있는 자가 창룡이라는 판단을 할 수밖에 없었기 때문이었다.

"남궁 대협."

"예."

"혹시 그분들의 이름을 적어 제게 주실 수 있겠습니까?"

"……진 대협, 혹시 그분들에게 해를 끼치시려고 하는 것이라면 저는 반대입니다. 어쨌든 그분들은 정파의 일원이자 무림맹에 소속된 문파의 대표들입니다. 그들 모두와 척을 지는 것은 안 좋습니다."

"제가 그럴 리가 있겠습니까? 다만 뭔가 좀 알아볼 것이 있어서 그럽니다."

"제가 알아도 되겠습니까?"

"대무신가에 대해서는 남궁세가에서도 알고 계실 것입니다."

"본 가에서도 그 동안 그들에 대해 너무 몰랐다는 인식을 하고, 새로이 정보를 수집 중입니다."

"그들이 그렇게 세력을 구축한 것이 단시일에 가능했을까요?"

"본 가에서는 그들이 세력을 구축하는 데 최소한 일갑자 이상은 걸렸을 것으로 예상했습니다. 무림맹에서도 그렇게 판단을 한 것으로 압니다."

"그럼 그들이 그 긴 세월 동안 오로지 세력만 키웠을까요? 대무신가라는 이름으로 점을 쳐 주고 예지를 해 주며 수많은 문파와 사람들을 현혹시켜 왔습니다. 저는 정파에 상당히 많은 그들의 간세가 있다고 생각합니다."

"그렇다면 지금 무림맹에서 일어나는 이상한 현상이 그들이 간세이기 때문이라는 겁니까?"

"모두는 아니겠지요. 하지만 의심은 해 볼 만하지 않겠습니까?"

남궁백준은 곤혹스러운 표정으로 즉답을 하지 못했다.

진무성과 혈맹의 약조를 하기는 했지만 무림맹에 소속된 정파와도 혈맹에 가까운 약조를 한 것은 마찬가지였기 때문이었다.

하지만 진무성의 의심에는 합리적이고 타당한 설득력이 있었다.

그때 남궁의영이 끼어들었다.

"숙부님, 진 대협의 말씀이 맞다고 생각합니다. 그들

에 대한 정보를 본 가에서 빼냈다고 생각하지 마시고 만약을 위해 대비를 하는 것으로 치면 되지 되지 않겠습니까?"

남궁의영의 말에 진무성은 그를 쳐다보았다. 그가 자신의 정체를 눈치챘음을 능히 짐작할 수 있었기 때문이었다. 심지어 진무성을 보는 그의 눈에는 감격의 빛까지 보였다.

혈기방장한 그로서는 진무성이 지금 벌이는 사건들에 대해 큰 거부감이 없었다. 악인은 죽여야 한다는 생각을 그도 가지고 있었기 때문이었다.

다만, 그는 남궁세가의 소가주라는 신분 때문에 그것을 겉으로 보일 수는 없었다.

"소가주님께서 그렇게 생각을 해 주시니 제가 마치 천군만마를 얻은 것 같습니다."

"이곳에서 긴 얘기는 어렵다는 것을 압니다. 혹시 다음에 시간이 나시면 저와 함께 술이라도 한잔하면서 친분을 다지고 싶습니다."

"소가주님 같은 분이라면 저는 언제나 환영입니다."

둘의 대화를 듣는 남궁백준의 얼굴에는 흐뭇한 미소가 떠올랐다.

이미 절대 무적 고수라는 말을 듣는 창룡과 남궁세가의

다음을 책임질 소가주가 친분을 갖는 것은 그들에게 손해날 것이 전혀 없었기 때문이었다. 아니 어쩌면 큰 행운이라고 해야할 것이었다.

반 시진 가까이 무림맹은 물론 여러 가지 현 시국에 대한 대화를 나누던 남궁백준과 남궁의영이 인사를 하고는 자리를 뜨자 진무성도 슬슬 떠날 차비를 하기 시작했다.

'배 떠날 시간이 아직 반 시진 정도 남았으니 구경이나 좀 해 볼까?'

[저자를 감시하라고 연락할까요?]

진무성이 떠나자 주루의 계산대에 앉아 있던 중년인이 요리사라고 했던 노인에게 전음을 보냈다.

[남궁 장로와 소가주까지 깍듯이 대하는 것을 보지 못했느냐? 그런 사람을 감시한다는 것은 남궁세가를 모욕하는 것이 된다. 그냥 두거라.]

[그래도 제가 보기에는 좀 수상한 것 같습니다.]

[저런 자에게는 수상이라고 하는 것이 아니라 신비하다고 하는 거다. 노부의 모든 공격을 최소한의 손놀림만으로 와해시켰다. 분명 무명소졸이 아니다. 군사부에 지금 일을 상세히 보고하고 진무성이란 자에 대해 정보가 있는 지 알아보도록 해라.]

[알겠습니다.]

 노인은 남궁백준과 진무성 사이에 전음을 전혀 사용하지 않았다는 것을 알고 있었다. 문제는 그럼에도 그가 그들의 대화를 전혀 듣지 못했다는 사실이었다.

 객잔의 모든 사람의 대화를 주방에 앉아서도 듣는 그였기에 못 들었다는 것은 작게 말해서가 아니라 진무성이 음파를 차단했다고 보는 것이 타당했다.

 '저 나이에 노부보다 공력이 더 높을 수가 있을까……? 아무래도 맹주님께 직접 보고를 해야겠구나.'

 노인은 예삿일이 아니라고 판단한 듯 몸을 일으켰다. 무림맹주를 아무렇지 않게 직접 만난다고 하는 것을 보아 노인 역시 예삿 사람이 아닌 것은 분명해 보였다.

* * *

 사람들만 무림인일 뿐, 거리의 모습이나 물건을 파는 것등 대부분은 다른 도시의 저잣거리와 다를 것이 없었다.

 심지어 기루도 있었고 사기를 치는 야바위꾼도 보였다. 다만 싸움이 나는 것을 극히 꺼리는 듯 서로 몸이 부딪치는 것조차 조심하는 것이 눈에 보였다.

거리를 천천히 거닐며 구경을 하던 진무성은 생각 외로 마기를 감추고 있는 자들이 많다는 것을 느끼고는 심각한 표정을 지었다.

그가 마교의 무공을 익혔고 내공까지 급을 거론하기 어려울 정도로 높아졌기에 감지했지, 여간한 고수들은 그들이 마도의 무공을 익혔다는 것을 전혀 알기 어려울 정도였다.

그만큼 유사시에 적으로 변할 고수들이 무림맹 주위에 많이 포진하고 있다는 말이기도 했다.

하지만 악행을 저지르지 않았는데 마기만 보인다고 무조건 나쁜 놈이라고 매도할 수도 없었다.

'무림맹을 이대로 두기는 여러 가지로 문제가 있어. 다음에 올 때는 무림맹 역시 한바탕 뒤집어 놓아야 할 것 같구나……'

진무성이 만든 판의 말이 점점 다양해지고 있었다.

2장

진무성이 무림맹에서 배를 기다리고 있던 그 시각.

초인동에 도착한 사공무경은 사공무일과 함께 커다란 광장에 도착했다.

그곳에는 중앙의 한 청년을 중심으로 열한 명의 중년인이 열한 개의 방위에 앉아 있었다. 그들은 사람인지 조각상인지 분간이 안 될 정도로 미동조차 없었다.

사공무경은 천천히 다가가 청년을 우심히 살피더니 마치 귀한 보물이라도 만지듯 조심스럽게 그의 몸을 어루만졌다.

그의 손이 닿는 곳마다 검은 묵기와 붉은 혈기가 번갈아 가며 뿜어져 나왔다.

아홉 줄기의 묵기와 아홉 줄기의 혈기를 사공무경은 마치 실체가 있는 끈을 묶듯 휘휘젓자 두 개의 기는 청년의 몸을 꽈배기 꼬듯 칭칭 감기 시작했다.

묵혈기가 완전히 청년을 몸을 덮자 이번에는 사공무경의 손에서 검붉은 기가 뿜어져 나오더니 묵혈기 사이사이로 파고들었다.

그리고 곧 모든 기가 동화되더니 다시 청년의 몸으로 흡수되기 시작했다.

청년의 피부는 몸 안에 들어간 기의 충돌 때문인지 계속 물결치듯 울룩불룩 요동을 치기 시작했다. 그리고 뼈가 부딪치는 소리가 우두둑 우두둑 들리기 시작했다.

그러자 상관무일이 기다렸다는 듯이 작은 병을 청년의 코에 대고는 입구를 열었다. 그러자 병 안에서 강력한 향기와 함께 하얀 액체가 올라오더니 청년의 코로 흡입되기 시작했다.

뼈가 다시 맞춰지듯 계속 소리를 내던 청년의 피부가 벗겨지기 시작했다.

환골탈태였다.

사공무경은 환골탈태를 인위적으로 일어나게 하고 있음이 분명했다.

"휴우~"

청년의 몸이 다시 아무런 움직임이 없자 사공무경은 한숨을 한 번 내쉬더니 사공무일을 보며 명했다.

"깨끗이 청소하거라. 이곳은 언제나 청결해야 한다."

"알고 있습니다. 그런데 오늘까지 일곱 번의 환골탈태을 했는데 언제 시술이 끝날까요?"

"이놈은 정말 특별해. 세 번 이상 환골탈태를 하면 더 이상 되지를 않거나 몸에 문제가 생기는데 일곱 번이나 견뎌 냈다. 만약 두 번만 더 버텨 낸다면 인간이 아닌 진짜 신의 신체가 될 것이야."

사공무경은 청년을 흡족한 표정으로 쳐다보더니 주위에 앉아 있는 중년인 중 한 명에게 다가갔다.

그리고 그의 머리에 손을 갖다댔다.

눈을 번쩍 뜬 중년인은 곧장 사공무경의 앞에 무릎을 꿇으며 말했다.

"지존께 인사드립니다."

"오랜만이구나. 나가자."

중년인은 일어서더니 사공무일을 한 번 보며 씨익 웃고는 사공무경의 뒤를 따랐다.

초인동의 동주인 사공무일은 중년인의 웃음을 보자 인상을 찌그러뜨리며 중얼거렸다.

'저놈들은 아무리 봐도 적응이 안 되네. 가주님이 없으

면 나도 꼭 죽일 것 같아…….'

 밖으로 나온 사공무일은 방금 나온 동굴만은 진짜 들어가기 싫다는 듯 진저리를 치며 급히 사공무경이 사라진 방향으로 몸을 날렸다.

 그들이 나온 동굴의 입구에는 금빛 글씨로 '초인십단동'이라는 휘장이 걸려 있었다.

 방금 깨워 데리고 나간 자만 해도 무림 십대고수와 맞먹는 초인 구 단계인 안대출의 무공을 한참 상회했다. 그런 자가 무려 열한 명이나 더 있는 사공무경이었다.

 그런 그가 마음만 먹었다면 이미 천하를 휩쓸어 패주가 되는 것은 그리 어려운 일이 아니었을 것 같은데 왜 지금까지 시간을 끌어왔는지 의문스러운 일이 아닐 수 없었다.

　　　　　　＊　＊　＊

 배에서 내린 진무성은 반가운 사람이 포구에 보이자 미소를 지으며 그에게 다가갔다.
 "여긴 어쩐 일이십니까?"
 진무성을 본 노인은 급히 포권을 했다.
 "제 친우들을 기다리고 있습니다."
 "친우요?"

"이제 다 한물 간 뒷방 늙은이지만 아직 무공은 제법 쓸 만합니다. 제가 문파에 들어갔는데 함께하자고 연락을 했더니 꽤 많은 친우들이 동참하겠다고 답을 보내왔습니다."

그는 동정조옹 소동표였다. 진무성의 명에 따라 천의문에 합류할 고수들을 모집하고 있었던 것이다.

"좀 쉬시면서 하십시오."

"이미 많이 쉬었습니다. 이제 마지막 열정을 문주님을 위해 불태우기로 결심을 했는데 뭘 더 쉬겠습니까?"

"그래 많이 모으셨습니까?"

"정 형과 하 아우가 각기 열 명 정도 모집을 했다고 합니다. 진천창로 선배님도 그 정도 모으신 것 같더군요. 그런데 여기까지 어쩐 일이십니까?"

"강서에서 볼일을 좀 보고 오던 길에 무림맹 구경을 좀 했습니다."

"무림맹 들어가려면 복잡한데 잘 들어가셨습니까?"

"남궁세가의 남궁백준 장로님과 함께 움직인 덕에 귀찮은 일은 없었습니다."

"그럼 다시 악양으로 돌아가실 예정이십니까?"

"우선은 그래야지요."

"그럼 잠시만 기다리십시오. 곧 도착하면 제 배를 타고 악양 쪽으로 움직이기로 했습니다. 같이 가시지요."

그의 말에 잠시 생각하던 진무성은 뭔가 결정한 듯 물었다.

"제가 어디를 좀 다녀올까 합니다. 네 분 장로님들께서 제가 없는 동안 악양을 좀 맡아 주십시오."

"맡아 주는 것은 얼마든지 가능하기 합니다만 아직 천의문의 조직에 대해 아는 것이 별로 없어서 뭘 해야 할지를 전혀 모릅니다."

"아직 악양에는 천의문 조직이 없습니다. 제가 다녀 올 동안 네 분께서 모은 문도들하고 같이 악양 분타를 좀 조직해 주십시오. 필요한 재정은 이걸로 충당하시면 됩니다."

진무성은 그에게 전표 몇 장을 건넸다.

"이건 너무 많은데요?"

"저를 따르는 것은 매우 위험한 일입니다. 목숨을 돈으로 대신할 수는 없겠지만 대우라도 잘해 드리려면 돈이 필요하지 않겠습니까?"

"알겠습니다."

동정조옹이 전표를 집어넣자 진무성이 다시 말했다.

"낭인방의 주성택 부방주가 도움을 줄 것입니다. 그리고 정보가 필요하거나 제게 연락할 일이 있으시면 악양 하오문의 정상회를 찾아가 제 이름을 대면 알아서 연락을 해 줄 것입니다."

"정상회가 문주님을 돕기로 했습니까?"

동정조옹은 깜짝 놀란 표정으로 반문했다.

강호 견문이 넓은 그조차도 하오문의 정보 상인 조직인 정상회가 누군가를 돈도 안 받고 도왔다는 얘기는 들은 적이 없었기 때문이었다.

"이제 정상회가 본 문의 정보망으로 이용될 것입니다. 단 네 분 장로님외에는 누구에게도 말하시면 안 됩니다. 다른 분들께도 절대 극비라고 주지시켜 주십시오."

"그렇게 하겠습니다. 그런데 어디로 가시려고요? 저희 동정삼옹이 다른 것은 몰라도 동정호를 이용하여 움직이는 것에 대해서는 누구보다도 해박합니다."

"하북으로 가려고 합니다."

"흠~"

잠시 생각하던 그는 좋은 길이 생각이 났는지 말했다.

"악양에 들렀다 가시렵니까 아니면 여기서 곧장 가시렵니까?"

가겠다고 마음을 먹어서 그런지 갑자기 양기율이 너무 보고 싶은 그였다.

"여기서 가는 것이 좋을 것 같습니다."

"그럼 군산을 빠지는 즉시 운하를 타면 하북까지 이틀이면 도착할 수 있을 것입니다. 제가 배를 준비해 놓겠습니다."

 동정삼옹이 꽉 잡고 있는 세력은 무림인은 아니었다. 그러나 양민들인 선주와 어부들이야말로 동정호에서는 가장 확실한 길잡이라고 할 수 있었다.

"그럼 부탁드리겠습니다."

"그럼 한 시진 후에 다시 오십시오."

"그러지요. 저도 잠깐 들를 데가 있으니 그때 뵙지요."

 진무성은 포구가 훤히 보이는 약간 허름한 주루를 보며 말했다.

"알겠습니다."

 동정조옹이 포구로 가는 것을 본 진무성은 고개를 끄덕였다.

 '무림인들이 문파를 만들고 세력을 확대하려는 이유를 확실하게 알겠군.'

 지금까지 그는 어디를 정하고 움직일 때 모든 것을 스스로 해야 했다. 그런데 자신만의 문파를 만들자 그 효용성이 단박에 나타나고 있었다.

 진무성은 천천히 한 곳을 향해 걸어갔다.

 사람의 왕래가 많은 포구에는 어디에나 있는 전장이었다. 그가 향한 곳은 여러 전장 중 태평전장이었다.

* * *

"아가씨, 진 대인께서 연락을 보내 오셨다고 합니다."
"여인의 몸가짐이 어찌 그리 경망한 거냐? 좀 조신하게 행동하거라."

조심스럽게 수를 놓고 있던 설화영은 진무성이라는 말에 반색을 하면서도 질책을 하듯 말했다.

"피! 좋으시면서?"
"그래 무슨 연락이시냐?"
"진 대인께서 급히 황도에를 잠깐 다녀오셔야 할 것 같다고 방금 떠나셨답니다."
"알겠다."
"진 대인께서 멀리 떠나신다는데 놀라지 않으시네요?"
"상공께서 결정하신 일이다. 뭔가 이유가 있겠지. 아녀자가 상공의 결정에 의문을 표하는 것은 여인의 덕목이 아니다."
"그래도 조금 궁금은 하셔야되는 것 아닌가요?"
"황도에는 상공께서 목숨보다 더 중요하게 생각하시는 분이 계시다. 그분이 지금 위험에 빠지셨는데 안 가신다면 그게 더 이상한 일이 아니겠느냐?"
"황도에 무슨 일이 생겼습니까?"

"어차피 일어날 일이었다. 지금 우리가 할 수 있는 일은 그분이 무사히 돌아오시기만 기다리면 된다. 예 총관님께 상공께서 돌아오실 때까지 아무 일도 일어나지 않도록 관리를 잘하시라고 전해라."

"알겠습니다."

초선이 나가자 설화영은 다시 수를 놓기 시작했다.

거의 끝나가는 수의 그림은 강력한 기상을 보이는 호랑이와 하늘을 뚫고 올라가는 용 그리고 강인함을 상징하는 대나무와 군자를 뜻하는 국화꽃이 오묘하게 얽혀 신비한 느낌을 주고 있었다.

그녀가 진무성을 생각하며 그를 한 번에 상징하는 그림을 그린 것이었다. 그리고 그것을 수로 놓아 진무성의 옷으로 선물할 생각이었다.

* * *

운하를 타고 하북까지 올라온 진무성은 말을 달리기 시작했다. 하지만 그의 머릿속은 양기율의 생각으로 복잡했다.

양기율의 황실에 대한 충성심은 대단했다. 그래서 그는 최대한 그의 심기가 불편하지 않도록 마음에 안 드는 자들이 있어도 최대한 참았었다.

 하나, 양기율이 위험해진다는 말에 그는 더 이상 참을 수 없었다.

 진무성의 가슴이 뛰기 시작했다.

 드디어 황도가 보이기 시작했기 때문이었다.

 이미 생사경을 넘는 경지에 오른 그였지만 그의 인생에 가장 큰 영향을 끼쳤던 황도를 보자 두근거리는 것을 막을 수 없었다.

 "어떻게 오셨소…… 습니까?"

 평상시 대로 딱딱하게 묻던 황도의 정문을 경비하던 군인은 진무성을 보자 급히 공손한 말투로 바꿨다. 척 보기에도 함부로 하면 안 되는 사람이라는 것이 보였기 때문이었다.

 진무성은 그의 말을 듣자 갑자기 자신이 경비를 서던 당시가 생각이 났다. 가욕관에서도 황도에서도 그는 상당히 많은 경비 업무를 섰었다.

 "아시는 분이 있어서 만나러 왔습니다."

 "혹시 어떤 분을 만나러 오셨는지 알 수 있겠습니까?"

 "높으신 분이라 함부로 입에 올리기 어렵습니다. 만약 그분 성함을 듣는다면 화가 생길 수도 있습니다."

 군인은 진무성의 말에 가슴이 오싹해지는 것을 느끼자

더 이상 물을 수가 없었다.

경비 군인 중 가장 깐깐하기로 유명한 그였기에 스스로도 이해가 되지 않았지만 진무성의 몸에서 풍기는 위엄에 버틸 수가 없었다.

"그럼 들어가십시오."

그는 허리를 숙이며 통행증을 건네고 말았다.

황도 안에 들어선 진무성은 회상에 잠긴 듯 주위를 한번 둘러보았다.

마치 황도를 떠난 것이 십 년은 된 것 같았다.

그는 황도 중앙에 보이는 황성을 보더니 옆으로 시선을 돌렸다.

구문제독부의 건물이 보였다. 다시 다른 방향으로 고개를 돌렸다. 그의 눈에 익은 관공서들의 모습이 보였다.

'오늘 간신배놈들 모조리 죽인다.'

황도에 피바람을 몰고 올 사신이 등장했다는 것을 아직은 아무도 몰랐다.

* * *

여전히 운기조식 중인 사마태중을 보는 사마지수의 얼굴에는 수심이 가득했다.

호위 군인들이 모두 죽은 자리에서 간신히 숨만 붙은 채 발견된 사마태중은 곧장 제독부의 침실로 옮겨진 후 의원의 진찰을 받은 상태였다.

사마태중은 겉으로는 상처가 보이지 않았지만 입가에는 심하게 토혈을 한 흔적이 있었다. 전형적인 내공에 의한 내상이었다.

의원은 급한 대로 내상이 악화되지 않도록 침술을 시술하고 내상에 좋은 약을 달여 먹였지만 무공을 모르는 의원의 치료에는 한계가 있을 수밖에 없었다.

다행히 차도가 좀 있었는지 잠시 정신이 든 사마태중은 무리하면 안 된다는 의원의 만류에도 불구하고 정좌를 하고 앉더니 운기조식을 하기 시작했다.

그리고 그 운기조식은 무려 석 달이 넘도록 아직도 하고 있었다. 이따금 운기조식을 멈추고 물과 미음 정도 먹었지만 여전히 아무 말도 하지 않았고 다시 운기조식에 들어가곤 했다.

그동안 토혈을 한 것은 열 번이 넘었고 온몸에서는 썩는 냄새가 진동을 하기 시작했지만 그는 여전히 목숨은 붙어 있었다.

백전노장의 절대로 죽을 수 없다는 장군의 의지로 버티고 있음이 분명했다. 하지만 그동안 잠시 깨어 물과 미음

먹은 회수가 이십 번이 채 안 되었으니 인간의 신체로 더 이상 버티는 것은 어렵다는 사실을 사마지수는 알고 있었다.

그녀로서는 심장이 쫄아 들고 혀가 바삭바삭 마르는 매일매일이 이어지고 있었다.

사마태중의 죽어 가는 얼굴을 보고 있던 그녀의 눈에 결국 눈물방울이 맺히기 시작했다.

엄귀환을 만나러 가는 것이 얼마나 위험한 일인지 알면서도 머리를 믿고 아무 일도 없을 것이라고 자만했던 자신이 그렇게 원망스러울 수가 없었다.

하지만 사실 그녀의 잘못도 아니었다. 무공을 아는 열 명이 넘는 정예 군인의 호위를 받았고 심지어 사마태중은 황도 제일 고수로 불리던 사람이었다.

그런 사람을 황도 안에서 암습을 할 것이라고 생각하는 것은 그녀가 아닌 다른 누구라도 어려웠다.

'도대체 누굴까? 동창이나 서창에서 일을 벌였다고 보기에는 너무 완벽해…….'

그녀는 사마태중이 사라짐으로써 이익을 볼 조직이 어디인지부터 파악해 나갔다.

놀랍게도 이익을 볼 조직이 한두 군데가 아니었다. 동창과 서창만이 아니라 환관 조직 전체가 이익을 볼 수 있었다. 심지어 금의위와 어림군조차 이익이었다.

그만큼 사마태중에게는 정적들이 많았던 것이었다.

하지만 그녀의 추측으로는 그들이 범인일 수가 없었다. 얻는 이익에 비해 너무 큰 위험을 감수하고 사마태중을 암습하는 것은 환관이나 관원들의 방식이 아니었다.

'누구건 아버님을 해친 자들을 절대 용서하지 않을 것이야!'

사마지수는 반드시 사마태중을 암습한 자들을 찾아내어 복수를 하겠다고 결심했다.

입술을 질끈 물던 그녀는 호롱불에 비친 사람의 그림자를 보자 깜짝 놀라 몸을 돌렸다.

"누구냐! 다가오면 죽는다."

사마지수는 검을 빼 들고는 사마태중의 앞을 막아섰다. 사마태중을 죽이기 위해 온 자객으로 생각한 것이었다.

그는 사마지수와 사마태중을 번갈아 보더니 정중하게 포권을 했다.

"오랜만에 뵙겠습니다. 아가씨."

"……누군지 정체부터 밝혀라!"

사마지수는 방문 쪽을 보며 다시 소리쳤다. 침실 주위에는 최소한 백 명의 호위 군사들이 완벽하게 경비를 서고 있었다.

그녀의 외침을 들었다면 이미 방문을 열고 들어왔어야 했음에도 밖에서는 아무런 기척도 없었다.

"아무리 소리치셔도 아무도 듣지 못할 것입니다."

"다가오지 마라!"

진무성이 침상 쪽으로 가자 사마지수는 검 끝을 진무성의 목에 겨누며 다시 경고했다.

"아가씨! 비켜 주십시오. 나리께 인사를 드려야 합니다."

"뭐…… 뭐라고요?"

말하던 그녀는 자신의 몸이 알 수 없는 힘에 의해 옆으로 옮겨지자 입이 벌어졌다.

그녀를 옆으로 비키게 한 진무성은 침상 앞에 넙죽 절을 한 후, 무릎을 꿇은 자세로 말했다.

"나리, 제가 좀 더 빨리 소식을 들었어야 했는데 늦게 도착해서 죄송합니다."

절정 고수급은 아니지만 무가의 여식답게 만만치 않은 무공을 익히고 있는 그녀인지라 지금 그녀에게 벌어진 현상이 무엇인지는 알 수 있었다.

그리고 그가 자신들을 죽이려고 마음을 먹었다면 모습을 보이기도 전에 죽일 수 있었다는 것을 느낀 것이다.

그녀는 진무성이 사마태중에게 예를 갖추는 모습을 보자, 그들에게 해를 끼치려 온 것이 아님을 알 수 있었다.

"누구신지 먼저 얘기를 해 주실 수 있나요?"

진무성이 몸을 일으키자 그녀는 다시 물었다.

"진무성 오십부장입니다. 아가씨와 같이 대화를 나눈 적이 있었는데 기억 안 나십니까?"

"당신이 진 부장이라고요?"

그녀가 눈을 크게 뜨며 주시하자 진무성이 이해한다는 듯 말했다.

"제 모습이 조금 달라지긴 했지요? 하지만 진무성이 분명합니다."

"황도에 진 부장이 돌아온 것을 동창에서 알면 큰일이 날 수도 있다는 것은 알고서 돌아오신 거예요?"

"그래서 은밀히 찾아온 것입니다."

"왜죠?"

"우선 나리의 상태부터 알아보고 다시 대화를 하는 것이 좋겠습니다."

"아버님을 고치실 수 있으시겠어요?"

"아직은 저도 모릅니다. 하지만 아주 대단한 의원이 제 몸 안에 있으니 아마도 가능할 것입니다."

"예?"

그녀가 이해가 안 간다는 듯 반문했지만 진무성은 답 없이 사마태중에게 다가가 그의 손을 잡았다.

진맥을 시작한 것이었다.

맥동이 손가락을 통해 느껴지자 언제나처럼 그의 부상에 대한 정보가 그의 머리에 떠오르기 시작했다.

"휴우~ 내상도 내상이지만 독에도 당하신 것 같습니다. 아마 보통 사람이었다면 이미 돌아가셨을 부상인데 역시 나리답게 위험한 부위로 가는 모든 통로를 막아 놓으셨습니다."

진무성은 안도의 한숨을 내쉬며 말했다.

만약 자신이 양철웅을 만나지 못했다면……

그래서 이 사건에 대해 못 들었다면……

악양에 들렀다가 올 생각이었지만 동정조옹을 만나면서 계획을 바꾸지 않았다면……

마치 우연처럼 이어진 일련의 상황으로 인해 사마태중이 죽기 전에 도착한 것이 그는 우연이 아니라 하늘의 안배가 아닐까 하는 생각이 언뜻 들었다.

"그럼 살리실 수 있다는 건가요?"

"피를 많이 흘리실 것입니다. 피를 닦을 천과 따뜻한 물을 충분히 준비해서 가지고 오십시오. 단 다른 사람들은 모르게 하셔야 합니다."

"알았습니다."

 진무성이라는 것을 알게 된 지금 그녀의 의심은 모두 사라졌다. 더욱이 사마태중을 살릴 수 있다는 희망까지 주고 있지 않은가……

 그녀가 급히 준비를 위해 밖으로 나가자 진무성은 사마태중의 등 뒤에 정좌를 하고 앉고는 두 손의 장심을 견정혈에 붙였다. 그리고 장대한 내기를 사마태중의 몸으로 불어넣기 시작했다.

 사마태중의 몸 안으로 주입된 진무성의 내기는 막힌 혈류를 뚫고 망가진 장기들을 어루만지며 다시 제 기능을 시작할 수 있도록 힘을 주기 시작했다.

 하지만 문제는 내상보다 그의 몸을 갉아 먹고 있는 독이었다.

 마노야의 기억 속에 들어 있던 독상을 치료하는 여러 가지 방법들이 진무성의 머릿속에 나열되기 시작했다.

 가장 좋은 방법은 해독제를 사용하는 것이지만 당연히 해독제는 있을 리 없었다.

 두 번째는 독을 내기로 모아 신체의 한곳으로 옮겨 놓은 후 한꺼번에 배출하는 것이었다. 하나 그 방법은 사마태중에게 그것을 배출할 힘이 있어야 가능했다. 지금의 사마태중의 상태로는 어림없는 일이었다. 물론 진무성이 도와서 배출할 수도 있지만 그것은 사마태중의 몸에 심각한 무리를 초래할 수 있다는 것이 단점이었다.

마지막 남은 방법은 독기를 모아 자신이 빨아들이는 것이었다.

어떤 독인지를 모르는 상황에서 잘못하면 자신이 중독이 될 수도 있는 방법으로 보통 무림인들은 절대 택하지 않을 방법이었지만 진무성은 사마태중을 가장 빠르게 구하기 위해서는 그 방법밖에 없다고 판단했다.

더구나 그에게는 믿을 수 있는 것이 하나 있었다.

만년천지음양과였다.

천지만물의 모든 기가 모여 형성된 전설의 영과에는 천하의 모든 독기 역시 함유하고 있었다. 사마태중의 몸에 있는 독이 어떤 독이지는 몰라도 만년천지음양과의 독기를 넘어서지는 못할 것이라는 자신감이 있었기 때문이었다.

천을 한가득 들고 들어오던 사마지수는 사마태중의 몸에서 새어 나온 시커먼 연기가 진무성의 코로 흡입이 되는 것을 보자 멈칫 섰다.

그 상황이 무엇을 의미하는지 알기 때문이었다. 그녀는 사마태중의 얼굴을 보자 순간 눈물이 솟아올랐다. 시커멓던 사마태중의 얼굴색이 변하고 있었기 때문이었다.

그것은 분명 생기였다.

그녀는 벅찬 가슴을 부여안고는 감격에 찬 눈으로 눈을 감고 사마태중의 치료에 힘을 쓰고 있는 진무성을 쳐다보며 감사의 눈길을 보냈다.

* * *

"정말 감사합니다. 진 부장님은 본 사마가의 은인이십니다."

혈색이 돌아온 사마태중을 자리에 눕힌 사마지수는 진무성을 보며 다시 인사를 했다.

"어떤 일이 벌어졌는지 제게 소상히 말씀해 주실 수 있겠습니까?"

"휴우~ 사실은……."

사마지수는 자신이 아는 한도 안에서 그동안 있었던 일에 대해 설명하기 시작했다.

시작은 엄귀환이 협조를 부탁하면서부터 시작되었다.

"동창과 서창 간의 권력 다툼이 대단한 모양이군요?"

"고윤이 행방불명이 된 후, 환관들의 행패는 현저히 줄었습니다. 하지만 아버님께서는 그런 상황이 오래가지 않을 것이라고 하셨습니다."

"나리께서도 엄귀환과 왕정중 한 명을 택해야 하는 상황이 오셨겠군요?"

"둘 다 용납하기 어려운 자들이긴 하지만 최악보다는 차악을 선택하실 수밖에 없다고 하셨어요."

"두 분간에는 어떤 차이가 있습니까?"

"아버님께서는 엄 제독은 성격이 소심해서 정국에 큰 변화가 일어나는 것을 부담스러워한다고 하셨습니다. 그래서 그가 권력을 잡으면 최소한 예측이 가능하다고 하셨어요. 하지만 왕 제독은 머리가 좋고 권력에 대한 욕심이 커서 제이의 고윤이라는 말을 들을 정도이지요. 처세술은 물론 능력도 뛰어나서 고윤 태감의 신임을 받지 못하면서도 서창제독에 올라간 사람입니다. 아버님은 왕정이 동창제독이 되어 권력의 정점에 서는 것은 막아야 한다고 하셨어요."

"그래서 엄귀환의 손을 들어 주시려고 하셨군요."

"그냥 손을 들어 주신 것은 아니고 그와 거래를 하시고 계셨습니다."

"제독 나리께서 엄귀환과 거래를 하고 있다는 것을 아는 사람이 또 있었습니까?"

"저 이외에는 없었습니다."

"호위하는 분들 중에는 있었을 것 아닙니까?"

"그냥 호위만 할 뿐 누구를 언제 만날지는 몰랐을 겁니다. 언제나 약속을 갑자기 잡았고 은밀하게 움직이셨으니까요."

잠시 생각하던 진무성은 조심스럽게 물었다.

"그럼 의심이 가는 자들이 있으십니까?"

"의심이 가는 자들은 많습니다. 하지만 동기를 알아낼 수가 없었습니다."

"정치적으로 의심 가는 자들은 우선 제외하시고 제독 나리께서 돌아가시면 아무리 사소한 이득이라도 가지고 갈 수 있는 자들을 생각해 보십시오."

"그런 자들에 대해서도 생각을 했습니다. 그래서 여러 명 추리기는 했지만 여전히 확신을 할 수는 없었습니다."

"아가씨, 나라를 위해 절대로 조정에 있으면 안 될 자들이 있습니까?"

"제 주관적인 생각인지라 말씀드리기가 좀 그렇습니다."

"아가씨의 주관적인 생각이라 제가 더 믿을 수 있을 것 같습니다."

말을 마친 진무성은 옆에 있는 문방사우를 그녀 앞으로 밀며 말했다.

"조정에서 반드시 사라져야 할 자들 그리고 제독 나리

의 암습을 주도했을 법한 자들 그리고 이득을 볼 것으로 의심되는 자들까지 여기에 직책과 이름을 적어 주십시오."

"그건…… 왜?"

"그리고 더하여 양 장군님을 위험하게 만들 가능성이 있는 자들도 적어 주시면 더 고맙겠습니다."

사마지수는 가슴이 섬뜩한 느낌에 불안한 눈으로 그를 쳐다보았다.

3장

"어떻게 하시려고요?"
"제가 황도에 또다시 오는 일은 없을 것 같습니다."
"그, 그게 무슨 뜻이지요?"
"이번 기회에 제독 나리나 양 장군님께 위험이 되는 자들을 모조리 제거하고 황실의 간신배들에게 경종을 울려 줄 생각입니다. 지금 천하에 커다란 겁난이 벌어질 조짐이 있습니다. 그 싸움을 이기려면 황실이 안정이 되어야 한다는 것이 제 판단입니다."
"하지만 나라의 관리를 죽이면 그것은 역모입니다."
"그래서 양 장군님께 아직 인사도 드리지 않은 것입니다. 제가 황도에 온 것을 아는 사람은 아가씨뿐입니다.

아가씨께서는 합리적이신 분이니 이 모든 일을 비밀로 해 주실 것으로 믿습니다."

사마태중이나 양기율은 황실에 대한 충성심이 크고 강직하면서 매우 고지식했다.

만약 그들이 진무성의 계획을 안다면 분명 말릴 것이 분명했다.

"아버님께서 아신다면 허락지 않을 겁니다."

"압니다. 그런데 전쟁에서는 이기는 것이 정의입니다. 두 분 나리께서도 결과를 보시면 이해를 하실 것입니다. 제가 두 분께 말씀을 드리지 말라고 하는 이유는 어찌 됐건 법에 어긋난 행동에 두 분이 엮이는 것을 원치 않기 때문입니다."

사마지수는 역모로 걸려도 사마태중이나 양기율만은 걸리지 않도록 하기 위한 배려라는 것을 직감했다.

"그럼 한 가지만 물어도 될까요?"

"말씀하십시오."

"고윤 태감의 행방불명에 진 부장님이 연관이 있나요?"

진무성은 그녀를 물끄러미 보더니 반문했다.

"그게 중요합니까?"

"진 부장님의 계획에 동조할지 말지를 결정하는 데 매

우 중요할 것 같네요."

"……고윤의 마지막은 제가 정리했습니다."

이미 의구심을 느끼고 있던 그녀였지만 막상 진실을 알게 되자 놀라지 않을 수 없었다.

"오십부장이 황실 최고의 고수를 죽였다면 누가 믿을까요?"

"누가 믿기를 바랐다면 시신을 숨기지는 않았겠지요."

사마지수는 진무성의 눈을 주시하더니 결심을 한 듯 고개를 끄덕였다.

"좋아요. 하지만 제가 그들에 대한 설명을 같이 적어 두겠습니다. 살생은 최소한으로 해 주겠다고 약속해 주세요."

"저는 꼭 죽일 사람만 죽입니다. 그리고 살해를 당했다는 것도 아마 모를 겁니다."

* * *

진무성의 첫 목표는 구문제독부 안에 있었다.

양기율을 유난히 미워한다고 소문난 부제독 장광훈이었다. 사마지수가 적어 준 살생부에서도 장광훈은 가장 윗자리를 차지하고 있었다.

진무성은 달빛이나 화톳불이 비추지 않는 그림자만 따라 은밀하게 움직였다.

사마태중의 습격 사건 후 구문제독부 역시 경비가 예전과는 비교할 수 없을 정도로 철저했지만 진무성을 발견할 수 있는 자는 아무도 없었다.

부제독이 머무는 전각 역시 경비가 삼엄했지만 진무성은 가볍게 그들의 눈을 피해 장광훈의 침실에 도착했다.

그런데 상당히 늦은 밤이었음에도 장광훈은 아직 자지 않고 누군가와 대화를 나누고 있었다.

'아직도 안 자고 있어? 불도 안 켜고 전음으로 대화를 하고 있다는 것은 뭔가 숨길 짓을 하고 있다는 건데……'

벽에 밀착한 진무성은 귀를 벽에 붙였다. 전음까지 들을 수 있을 정도로 청력이 발전했지만 좀 더 자세히 듣기 위해서였다.

[양기율을 죽일 방법이 없겠소?]

하필 처음 들은 첫 마디가 진무성의 살기를 끌어 올리고 말았다.

앞의 말은 어땠는지 그리고 뒤이어 어떤 말이 나올지는 상관이 없었다. 여간해서 표정의 변화가 없는 진무성의 검미가 바짝 좁아지는 것으로 보아 대로(大怒)한 것이 분명했다.

[양기율과 부제독 간에 사이가 안 좋은 것을 모르는 사람이 없습니다. 당장 죽인다면 당장 부제독을 의심할 것입니다.]

[하지만 양기율을 죽이지 않는다면 내가 제독 대행이 되는 것을 계속 방해할 거요. 가주님께서 최대한 빨리 구무제독부를 장악하라고 명하신 것을 잊지 마시오.]

'가주라고…….'

진무성의 귀에 꽂히는 확실한 단어가 있었다.

구문제독부의 부제독의 입에서 동창 제독이나 조정의 중신의 이름이 나왔다면 그러려니 할 수 있었다.

어차피 장광훈은 야전군이 아닌 어림군 출신의 정치 군인이었기 때문이었다.

하지만 가주라는 단어는 그의 입에서 나오면 안 되는 단어였다.

순간 진무성의 뇌리에 대무신가의 이름이 떠올랐다.

가주로 불리는 수장을 가진 세력. 그리고 감히 구문제독부까지 장악하려고 할 무도한 세력은 대무신가밖에 없었기 때문이었다.

진무성은 사마태중을 거의 죽음으로 몰아갈 정도로 강한 무공을 지닌 자들이 황도에 누가 있을까를 생각해 본 적이 있었다.

하지만 그럴 만한 세력들의 손익을 계산해 보면 마땅하게 특정할 세력을 찾지 못했었다. 그가 찾지 못한 것은 황도안에서의 권력 다툼이라는 한계 속에서 분석했기 때문이었다.

 '이놈들이 노린 것이 무림만이 아니었다는 것인가…… 잘하면 오늘 정말 중요한 정보를 얻을 수도 있겠구나.'

 진무성은 잠시 생각을 정리했다.

 [제가 그럼 어르신께 여쭤보겠습니다.]

 [시간이 없으니 오늘 당장 물어봐 주시게.]

 장광훈은 계속 이런 식으로 지지부진한 상황이 계속된다면 자신이 먼저 당할 수도 있다는 생각을 하고 있는 것 같았다.

 [알겠습니다. 어르신께서도 지금 기다리고 계실 것입니다. 그런데 허락을 받으면 어찌하실 생각이십니까?]

 [양기율만 죽여 주면 되오. 그럼 다음 일은 일사천리로 진행할 수 있소.]

 [알겠습니다.]

 답을 한 자는 그 자리에서 스르르 사라졌다.

 진무성은 흑의를 입고 얼굴까지 검은 천으로 복면을 한 자가 방을 빠져나오는 것을 보자 장광훈이 있는 방을 보며 중얼거렸다.

'장광훈, 너는 조금 더 살려 주마.'

복면인은 은신술을 사용해 움직이면서도 속도가 정말 빨랐다. 진무성이 아니었다면 여간한 고수들은 미행은커녕 그저 따라가는 것조차 버거웠을 것 같았다.

'단순한 살수가 아니야…… 황도 내에 이런 자들이 활개 치고 다녔다는 것은 마음만 먹으면 언제든지 정변을 일으킬 수 있었다는 말인데…….'

구문제독부의 제독을 암습해 치명상을 입힐 정도라면 다른 신하들을 죽이는 것은 이들에게는 여반장일 확률이 높았다.

놀랍게도 황실이 매우 위험한 상황에 있었다는 것을 지금까지 누구도 몰랐다는 것이 오히려 이상할 정도였다.

사마태중의 습격 사건 이후 구문제독부의 군인들로 황도는 뒤덮이다시피 했다. 그들이 가장 존경하는 사람에게 해를 입힌 범인을 잡겠다는 자발적인 경계였다.

하지만 복면인은 그들의 경계를 조롱하듯 아무렇지 않게 지나치더니 거대한 저택 안으로 숨어 들어갔다.

'여긴?'

진무성은 미행하던 자가 넘어간 집을 보자 멈칫했다. 사마지수가 적어 준 살생부에 없던 자의 집이었기 때문이었다.

그곳은 바로 일인지하 만인지상으로 불리는 삼공 중 이인자인 태보 공우명이 사는 곳이었다.

공우명은 이미 나이가 팔순이 넘은 자로 조정에서 가장 처세술이 뛰어난 자로 알려져 있었다.

어찌나 처세술이 뛰어난지 황제가 두 번이나 바뀌는 동안 벌어진 여러 숙청 사건에서도 그는 건재했고 권력의 핵심에서 떨어진 적이 없었다.

당대의 권력자들과 두루두루 친했고 어떤 세력에게도 미움을 받지 않았다. 심지어 권력 다툼이 심해지면 그가 화해를 주선하여 유혈 사태로 가는 것을 막은 적도 여러 차례였다.

심지어 능력도 괜찮아서 백성들을 위한 좋은 정책을 펼치는 데 역할도 했고, 다른 간신들과는 달리 청렴하다는 인식도 퍼져 있어 나름 존경하는 사람도 꽤 있었다.

그런 원만한 성격과 처세술 덕에 그는 이미 관직을 떠날 나이가 지났음에도 아직까지 자리를 지키고 있었다.

양기율도 그만은 경계할 필요가 없다고 판단을 했었던 것으로 진무성은 기억하고 있었다.

'완벽한 가면을 쓰고 뒤에서 조종하던 자가 이자였던가……?'

진무성은 어이가 없다는 듯, 실소를 지으며 복면인이

사라진 방향으로 계속 나아갔다.

 복면인이 도착한 곳은 뜻밖에도 공우명의 침실이나 집무실이 아니라 허름한 마구간이었다.

 그는 거리낌 없이 마노(馬奴)가 기거하는 방 안으로 사라졌다.

 마노가 기거한 지 이미 오래 됐는지 방 안은 먼지투성이였고 수많은 짐이 쌓여 있었다.

 복면인을 따라 방 안으로 잠입한 진무성의 눈이 살짝 흔들렸다. 분명 안으로 들어온 복면인이 보이지 않았기 때문이었다.

 '재미있군…… 위장이라는 말이군.'

 진무성은 비소를 입가에 그렸다.

 마구간이었지만 말은 없었다. 게다가 마노들이 기거해야 할 방은 사람이 사용한 흔적이 없었다.

 주위를 살피던 진무성은 짐이 쌓여 있는 벽을 쳐다보았다. 복면인의 기가 그곳으로 이어지고 있었다.

 진무성은 벽을 향해 몸을 날렸다.

 분명 벽이었건만 진무성의 몸은 그대로 통과했다.

 놀랍게도 벽은 일종의 사술로 위장이 되어 있었다.

 벽 안에는 길게 통로가 이어져 있었다. 근래에 만들어진 것이 아니었다. 아니, 상당히 오래전에 만들어진 것이 분명했다.

'대무신가…… 도대체 뭐하는 자들이기에…… 언제부터 이 모든 준비를 한 것이냐?'

진무성은 점점 대무신가가 단지 천하의 패권을 잡기 위해 만들어진 집단이 아닐지도 모른다는 생각이 들었다.

진무성은 다시 미행을 시작했다.

* * *

복면인은 커다란 의자에 앉아 있는 노인의 앞에 부복하고 있었다.

"장광훈이 양기율을 죽여 달라고 했단 말이냐?"

"예, 최대한 빨리 제거해 주기를 원했습니다."

"쯧! 쯧! 놈이 머리가 좀 컸다고 감히 내게 요구를 하다니 이제 내칠 때가 된 것인가……."

"장 부제독은 아직 이용 가치가 많은 자입니다. 더욱이 사마태중이 죽고 나면 구문제독부를 차지하기 위해서는 그의 역할이 중요합니다."

"사마태중이 죽으면 장광훈이 있어야 한다고 너도 생각하느냐?"

"아…… 니옵니까?"

"그놈은 그저 쓰다 버릴 소모품에 불과하다. 그놈이 없어도 대신할 아이들은 아직 많다. 어쨌든 양기율을 제거하기는 해야겠지."

"그리고, 엄귀환은 어떻게 하실 예정이신지요?"

"고윤이 그렇게 사라지지만 않았다면 이렇게 일이 꼬일 일은 없었는데…… 고윤이 왜 사라졌을까?"

그들이 사마태중을 공격한 것은 사실 계획에 없었던 일이었다.

사마태중이 그들의 말을 들을 자가 아닌 것은 알지만 대신 천생 군인인 탓에 어떤 생각을 하고 행동을 할지를 쉽게 추측할 수 있다는 이점이 있었다.

그런데 사마태중과 엄귀환이 거래를 하면서 그가 염두에 둔 왕정이 권력 다툼에서 패할 수도 있는 상황이 만들어진 바람에 어쩔 수 없이 사마태중을 제거하기로 한 것이었다.

"가주님께서 고윤이 이미 죽었다고 하셨습니다."

"안다, 가주님께서 그렇게 말씀하셨으니 죽었겠지. 하지만 언제 어떻게 죽었는지 전혀 모르지 않느냐? 심지어 시신조차 찾지 못했다. 이게 말이 되느냐?"

놀랍게도 노인과 고윤 간에도 뭔가 연관이 있는 듯했다.

"저희가 모든 곳을 샅샅이 뒤졌습니다. 고윤 태감의 시신이 황도 안에 없는 것은 분명합니다."

"내일 삼공 회의가 있을 것이다. 그때 엄귀환을 내치고 왕정을 동창 제독으로 삼기로 합의를 볼 생각이다. 넌 엄귀환이 딴마음을 먹지 않도록 감시를 잘해라. 그리고 양기율도 내일 제거하도록 하겠다."

"흥!"

순간 들려온 코웃음 소리.

노인과 복면인은 자리에서 벌떡 일어섰다.

"웬놈이냐!"

복면인은 기묘하게 생긴 검을 빼 들고는 노인의 앞으로 막아섰다.

"재미있는 곳이네?"

노인과 복면인은 모습을 드러낸 진무성을 보자 어리둥절한 표정을 지었다.

"여긴…… 어떻게 들어온 거냐?"

태보 공우명은 나타난 자가 무공도 그리 강해 보이지 않는 젊은 청년이라는 사실이 어이가 없었는지 물었다.

"쥐구멍이 좀 커서 한 번 들어와 봤는데, 일인지하만인 지상이라고 불리는 삼공 공 태보께서 쥐새끼처럼 이런 지하 동굴에 숨어서 음모를 꾸미고 있는 줄은 몰랐습니다."

"……감히 나를 알고도 따라 들어왔다는 것이냐?"

"대무신가 놈들이 황도까지 암중에서 조종하고 있는 줄은 몰랐다."

순간 공우명과 복면인의 몸이 경직됐다. 누구기에 대무신가와 자신들을 연결한단 말인가……

"도대체 넌 누구냐?"

반박을 하지 않는다는 것은 스스로 그들이 대무신가와 연관이 있다는 것을 자인하는 것이나 마찬가지였다.

진무성은 자신의 예상이 맞자 미소를 지며 다시 말했다.

"방금 내 얘기를 했던 것 같던데?"

"뭐? 네가 누구인지도 모르는데 무슨 네 얘기를 했다는 거냐?"

"알아채지 못하는 것은 너희들 머리가 나쁜 것이니 내가 굳이 설명해 줄 필요는 없겠지."

진무성의 말에 잠시 생각하던 둘의 표정이 점점 굳어지기 시작했다. 그들이 나눈 대화 중에 사람과 연관이 된 주제는 고윤밖에 없었다.

"고윤을 말하는 것이냐?"

"이제야 눈치를 챘네. 그 머리로 어떻게 황궁의 모든 사람들을 속여 왔는지 참 신기하군."

"이놈이 감히 어느 안전이라고!"

복면인은 순식간에 달려들어 검으로 진무성의 목을 찔렀다.

"챙!"

하지만 그의 검은 갑자기 나타난 긴 무기에 막혀 버렸다. 그것도 쳐 낸 것이 아니라 검끝을 막은 것이다.

복면인은 물론 공우명까지 안색이 확 바뀌었다.

복면인의 검은 폭이 매우 좁아 언뜻 보면 긴 송곳처럼 보일 정도였다. 그런 검 끝을 정확하게 막아 냈다는 것은 그가 무기를 얼마나 잘 다루는지를 알려 주는 것이었다.

하지만 그들이 얼굴 색까지 변할 정도로 놀란 것은 검을 막은 무기 때문이었다.

"창?"

공우명의 뇌리에 한 사람의 명호가 떠올랐다.

"서, 설마 네가 창귀냐?"

"아니, 창룡인데?"

"말 장난하지 마라! 가만…… 설마 고윤을 죽인 것이 너였더냐?"

"말해 주고 싶지 않아졌다."

간단히 답을 한 진무성의 손이 복면인을 향했다.

복면인은 급히 피하려고 했지만 진무성의 창을 피한다

는 것은 불가능했다.

"으윽!"

복면인의 입에서 침음성이 튀어나왔다. 그는 전신의 힘을 잃고 손에 든 무기까지 놓쳐 버렸다. 그는 고통에 이를 악물면서도 지금 상황이 어이가 없는지 자신의 상처를 보았다.

창이 관통한 곳은 어깨였다. 팔이 잘린다 해도 이렇게 힘이 빠질 수는 없었다.

그는 뒤로 급히 빠졌다.

창을 빼기 위해서였다. 하지만 진무성이 그대로 둘 리 없었다.

진무성이 창을 들어 올려 뿌리자 그의 몸이 공중으로 떠올랐다가는 그대로 날아가 벽에 강하게 부딪치며 떨어졌다.

"으아악!"

"시끄럽네."

진무성은 그의 옆으로 다가가더니 입을 발로 찼다. 복면인은 입에서 피와 이빨을 토해 내며 그대로 기절해 버렸다.

"죽이면 깨끗한데 물어볼게 좀 있다."

마치 공우명에게 들으라는 듯 중얼거린 진무성의 시선

이 옮겨 갔다.

진무성의 시선이 복면인에게 향했을 때가 그에게는 공격할 수 있는 마지막 기회였지만 그는 공격할 엄두도 못 냈다.

복면인은 초인동의 삼 단계 초인으로 이렇게 간단히 당하면 절대 안 되는 자였기 때문이었다.

"도, 도대체 네 정체가 뭐냐?"

"공우명, 넌 언제부터 대무신가의 개 였느냐?"

"이, 이, 어린놈이 감히!"

"난 위선자와 배신자는 사람 취급을 안 해 준다. 네놈은 그 나이까지 온갖 권력과 부귀영화를 누렸으면서도 황실을 배신하고 뒤로 반역을 도모했다. 넌 대접을 받을 자격이 없다."

"네놈은 본 가와 무슨 원한이 있기에 이렇게 본 가의 행사를 사사건건 방해를 하는 것이냐!"

"입은 삐뚤어져도 말은 똑바로 해라. 내가 너희를 방해한 것이 아니라 내가 내 일을 하는데 네놈들이 곳곳에서 튀어나온 거다. 거기다 네놈들은 내게 가장 귀한 사람을 계속적으로 괴롭혀 왔다."

"본 가는 네놈이 누군지도 모르는데 무슨 헛소리냐?"

"됐고! 더 말할 필요 없다. 사마 제독을 노린 이유가 왕정 때문이냐?"

"무림인이면 무림 일에나 신경 쓸 일이지 왜 황실의 일에 끼어드는 것이냐! 역모의 죄를 저지를 생각이냐?"

"역모란 말이 네 입에서 나오니 좀 듣기 껄끄럽구나. 대무신가가 노리는 일이 무엇이냐?"

진무성의 말에 공우명의 손이 살짝 움직였다. 여차하면 공격할 생각을 한 듯했다. 그는 진무성의 눈을 또렷이 쳐다보았다.

싸움이 벌어지면 보통은 상대의 팔이나 다리 등을 본다. 어떤 식으로 공격을 해 올지를 보기 위해서였다. 하지만 고수가 되면 상대의 눈을 본다.

팔이나 다리를 보면 공격을 시작하는 순간에 대비를 하는 것이 되지만, 눈을 보면 공격을 하기 전에 대비가 가능하기 때문이었다.

또한 상대의 허점을 찾는 것도 상대의 눈은 중요했다. 눈동자가 다른 곳을 보는 순간이 바로 허점이 되는 경우가 많기 때문이었다.

초절정 고수인 공우명 역시 그것을 잘 알고 있었다. 하나, 당연한 그의 행동이 그에게 최악의 결과가 될 줄은 그도 몰랐다.

무기를 잡은 공우명의 몸이 부르르 떨렸다.

'저, 저…… 눈동자…… 이놈은 정파가 아니다…….'

검게 반짝이던 진무성의 눈동자가 획 돌면서 혈안으로 변했다.

동시에 그의 머리가 굳어지기 시작했다.

진무성의 섭혼제령술도 환골탈태 이전과는 비교도 안 되게 강해져 있었다.

"으으으…… 네, 네놈이 어떻게 이 수법을?"

공우명은 눈을 돌리려고 했다. 하지만 돌릴 수가 없었다.

'이렇게까지 버티다니 대단한 놈이군…… 심지가 이렇게 강하다는 것은 대무신가에 대한 충성심이 진심이라는 말인데…….'

마도나 사파는 진정한 충성심보다 공포와 강압으로 조직을 이끄는 것이 보편적이었다.

그런데 이런 충성심을 보인다는 것은 이들을 단순히 마도나 사파로 치부하면 안 된다는 것을 보여 주는 방증이었다.

[너의 주인의 명이다! 더 이상 저항하지 말고 나를 받들어라!]

진무성의 강력한 천마후가 공우명의 귀를 파고 들었다.

간신히 버티던 공우명은 머리를 깨뜨릴 듯한 충격을 받으며 눈동자가 흐려지기 시작했다. 결국 견디지 못한 것이다.

[내가 누구냐?]

"저, 저의 주인님이십니다."

[넌 누구냐?]

"태보 공우명입니다."

[너의 진정한 정체를 말해라.]

"……으으……."

완전히 섭혼제령술에 제압이 된 상황에서도 버티는 공우명을 보며 진무성이 다시 천마후를 날렸다.

[주인의 명을 거역하려는 것이냐! 너의 진정한 정체를 밝혀라!]

"대무신가 원로 장로이자 가주님의 동생인 상관무달입니다."

진무성의 눈이 반짝였다. 드디어 대무신가의 핵심 중의 핵심 인물을 만난 것이다.

[상관무달이 어떻게 공우명이 됐느냐?]

"공우명이 아기일 당시 저와 바꿔치기를 했습니다."

[그럼 네가 상관무달인 것을 어떻게 알았느냐?]

"자라면서 그냥 기억을 하고 있었습니다."

진무성의 머리가 빠르게 돌았다. 그리고 곧 진무성은 놀라고 말았다.

마노야의 기억에도 그런 수법은 없었다.

'대무신가의 가주가 누구이기에 이런 엄청난 능력을 가지고 있는걸까?'

[네가 꾸미고 있는 계획에 대해 말해라.]

"가주님께서는……."

공유명의 말을 듣는 진무성의 표정이 점점 굳어졌다. 그들의 계획이 너무 참람했기 때문이었다.

[조정에 있는 대무신가의 사람이나 조력자가 누구인지 말해라.]

"……으으."

중요한 순간에 다시 저항하는 그를 보며 진무성은 다시 소리쳤다.

[말해라!]

"임……."

공유명의 입에서 한 사람씩 이름이 호명되기 시작했다.

'사마 소저의 현명함이 정말 대단하구나. 제독 나리가 쾌차하시고 구문제독부의 간세들을 내가 처리하면 아무 문제 없겠어.'

공유명이 호명한 자들의 이름과 사마지수가 준 살생부와 겹치는 이름이 상당히 많자 진무성은 감탄하듯 중얼거렸다.

대화가 길어지면서 공유명의 얼굴이 핼쑥해지기 시작했다. 그가 진무성의 섭혼제령술을 이기지 못하고 다 불고는 있었지만 심적으로는 말해서는 안 된다는 저항으로 심력이 고갈되고 있었기 때문이었다.

그리고 진무성이 아끼고 있던 마지막 질문을 했다.

[대무신가는 어디에 있느냐?]

"으으······."

[주인의 명이다! 당장 말해라!]

"······으으으······."

진무성은 이대로 가다가는 공유명이 죽을 수도 있다고 판단하고는 질문을 바꿨다.

[대무신가의 가주에 대해 말해 봐라.]

"······으으 안 돼! 가주님은 신이시다. 주인님이라 해도 말할 수 없다······."

커억-

쥐어짜듯 말하던 공유명의 입에서 피가 꿀럭꿀럭 터져 나왔다.

그리고 그의 몸이 스르르 주저앉았다.

진무성은 급히 그의 손을 잡았지만 이미 늦었다는 것을 알 수 있었다.

"도대체 가주란 자가 누구기에 섭혼제령술까지 버티게 만드는 것이지?"

모든 힘을 다해 버티던 그가 선천지기까지 뽑아내며 저항하면서 심장이 터져 버린 것이었다. 이것은 진무성이 마노야와의 싸움에서 버티던 신념과 비슷했다.

"마교……."

갑자기 진무성의 입에서 마교란 단어가 튀어나왔다.

수장을 단지 수장이 아닌 신으로 생각하고 어떤 압력에도 버틸 수 있는 충성심을 보이게 하는 힘은 종교만이 가능했다.

진무성은 대무신가가 종교 집단일지도 모른다는 생각이 들자 저절로 '마교'라는 단어가 튀어나온 것이었다.

심각한 표정으로 시신으로 변한 공우명을 주시하던 그는 방 주위를 살폈다. 그리고 이곳저곳을 뒤지기 시작했다.

이 방이 공유명의 비밀 서고인 듯 대단히 중요한 문서들이 많았다.

진무성은 필요한 문서들을 모두 챙겼다.

"흥! 청렴하다고? 이런 곳에 이런 돈을 숨겨 놓고 있었다니……."

기관으로 보호된 비밀 금고를 발견한 진무성은 비소를 흘렸다. 그 안에서 금괴와 전표 등 상상할 수 없는 거액을 발견했기 때문이었다.

커다란 천에 모든 재물을 담은 그는 어깨에 매고는 기절해 있는 복면인에게 다가갔다.

"네게 얻을 정보가 있을지는 모르지만 그래도 아는 대로 말해 봐라."

복면인을 깨운 진무성은 그의 눈을 보며 섭혼제령술을 펼쳤다.

* * *

유난히 긴 밤이 지나고 날이 밝자 황도는 발칵 뒤집혔다.

무려 죽은 자들이 이십여 명.

하나같이 권력층에 있던 자들이었다. 문제는 의원들이 모두 다 살해가 아니라고 판단한 때문이었다.

몇 명은 노환으로 인한 자연사 몇 명은 지병에 의한 병사 그리고 몇 명은 사고사 등등 누군가에 의해 죽었을 가능성이 전무하다고 했다. 심지어 태보 공유명 같이 아예 사라진 사람도 있었다.

 그들의 죽음이 부자연스럽다는 것은 누구라도 짐작할 만했다. 하지만 마땅히 반박하기도 어려웠다.

 간신도 있고 충신도 있었으며 동창에도 있고 서창에도 있었다. 심지어 금의위와 구문제독부까지 서로 앙숙이라고 해도 될 정도로 전혀 접점이 없는 자들이 죽었으니 동기를 전혀 특정할 수 없었기 때문이었다.

 그러나 그들의 죽음에 공통점이 있다는 것을 알고 있는 세력이 한 곳 있었다.

4장

 황궁 안 으슥한 곳에 몇몇 관인들이 모여서 한담을 나누고 있었다.
 한가한 시간에 관인들이 시간을 보내기 위해 이렇게 옹기종기 모여 대화를 나누는 장면은 황궁에서는 자주 보이는 광경이었다.
 그들은 서로 고개도 끄덕이고 웃음도 터뜨리며 보기에는 화기애애했다.
 하지만 그들의 속은 새까맣게 타고 있었다.
 [영주님, 누군가 저희에 대해 알고 벌인 일이 분명해 보입니다.]
 [맞습니다. 빨리 보고를 해야 하지 않겠습니까?]

[누구에게 보고를 한다는 거냐? 이제부터 너희들은 다시 명령이 내려올 때까지 모든 활동을 중지하고 자중한다.]

영주로 불리는 자의 명령에 모두는 웃는 얼굴로 고개를 끄덕였지만 무공을 모르는 학사들인 그들의 눈에는 긴장과 두려움이 가득했다.

그들은 황궁안의 정보를 캐내는 임무를 가지고 있는 대무신가의 간세들이었다. 그들이 이렇게 모인 것은 이번에 죽은 자들 중 한 명이 그들의 윗선이었기 때문이었다.

그들에게는 날벼락 같은 사건이었다.

고작 한 명이었지만, 그가 죽음으로써 대무신가와 연락이 끊어져 버렸기 때문이었다.

그렇게 은밀하게 대화를 나누는 자들은 그들만이 아니었다.

대무신가는 오랜 기간 황실에 여러 경로로 그들의 간세를 집어넣었다. 심지어 그들 스스로가 대무신가의 명령을 받고 있다는 것을 모르는 자들도 있었다.

점조직으로 운영이 되었기에 어느 한 조직이 걸린다 해도 전체는 언제나 안전했다.

하지만 점조직은 큰 단점이 존재했다. 그들을 지휘하는 자와 하부 조직을 연결해 주는 중간 사자가 사라질 경우

조직은 아무 일도 할 수 없게 된다는 것이었다.

그런데 진무성에 의해 공우명이라는 최정점의 지휘자와 그들을 이어 주는 사자들까지 모두 죽었으니 모든 조직은 이제 아무 일도 할 수 없는 상황이 되어 버렸다.

자신들이 대무신가의 명령을 받는다는 사실을 아는 자들조차 대무신가가 어디에 있는지 모르는 상황이니 공황 상태에 빠질 수밖에 없었다.

빠른 결단으로 황도에서 대무신가의 조직이 거의 궤멸 상태에 빠졌다는 것까지는 진무성도 아직 몰랐다.

* * *

"제독 나리! 문제가 생겼습니다."

왕정의 죽음을 전해 듣고 자신의 집무실에서 회심의 미소를 짓고 있던 엄귀환은 추곡의 보고에 검미를 찌푸렸다.

"무슨 말이냐?"

"왕 제독을 암살한 것이 나리의 짓이라는 곤혹스러운 소문이 은밀하게 퍼지고 있습니다."

"그게 무슨 말이야!"

엄귀환은 깜짝놀라 반문했다.

진짜 그런 소문이 퍼지고 있다면 그에게는 큰 문제가 될 수 있었다.

 환관 조직이 지금까지 권력의 정점에서 버틸 수 있는 이유 중 하나가 권력 다툼을 벌인다 해도 환관끼리 죽이는 최악의 상황은 만들지 않는다는 암묵의 불문율을 지킨다는 것이었다.

 그런데 왕정을 죽인 것이 자신이라는 소문이 퍼진다면 환관 조직의 신망을 잃는 것은 순식간이었다.

 아무리 현재 최고 권력의 정점에 서 있다 해도 그의 기반은 환관들이었다. 그들의 신망을 잃는다면 정점의 자리에서 쫓겨날 수 있었다.

 "왕 제독이 그렇게 죽었다는 것을 이해할 수 없다는 것이지요."

 왕정은 자신의 침상에서 운기조식을 하던 중, 주화입마를 당하여 죽은 것으로 판단을 한 상태였다.

 서창의 태보감들이 증인이 되었고 환관들이 인정한 의원이 직접 시신을 조사한 후 주화입마가 확실하다고 진단을 내렸다.

 그런데 왜 화살이 그에게 날아온단 말인가……

 "그런 헛소문을 내는 놈들이 누군지 모조리 찾아내라."
 "소문이 이미 널리 퍼져서 잡아내는 것조차 어렵습니다."

엄귀환의 얼굴이 구겨졌다. 마음만 먹으면 조정의 중신도 때려잡을 수 있는 무소불위의 권력을 가진 동창의 제독인 그조차 함부로 할 수 없는 사람이 둘이 있었는데, 하나가 황제였고 또 다른 하나가 바로 환관이었다.

"황 초의가 직접 진단을 내렸는데 무엇이 문제라는 거냐?"

"사실, 왕 제독의 무공 수준이나 그의 나이를 봐도 운기조식 중에 주화입마를 당해 죽기까지 했다는 것은 나리께서도 믿기지 않는 것은 사실이 아니겠습니까?"

추곡의 말에 엄귀환은 반박할 말을 찾지 못했다. 그 역시 왕정의 죽음에 대해 듣고는 믿기지 않았기 때문이었다.

하필 왕정이 죽은 밤에 너무 많은 조정의 중요 인물들이 죽은 것도 뭔가 이상하다는 느낌을 들게 하는데 충분했다.

다행이라면 어느 세력도 구문제독부에서 벌인 일은 아니라고 생각한다는 사실이었다.

사마태중이 이미 암습을 당했고 부제독인 장광훈까지 죽는 등, 가장 많은 피해를 본 곳이 구문제독부였기 때문이었다.

엄귀환은 자신의 아성을 위협하던 왕정이 죽었다는 것

이 기뻐만 할 일이 아니라는 것을 직감했다. 정치적인 위기를 느낀 것이다.

"추곡."

"예!"

"어제 죽은 자들의 공통점이 없다고 했지?"

"구문제독부와 금의위, 어림군 그리고 조정의 신하들까지 모든 조직에서 죽었습니다. 친한 경우도 있지만 앙숙인 경우도 있고 죽을 자들과 친분이 아예 없는 중신도 있었습니다. 거기다 살수의 짓이라고 보기에는 모든 시신들이 너무 깨끗합니다."

"동창에 비상을 걸고 죽은 자들에 대해 대대적인 조사를 벌일 것이라고 공표해라."

"구문제독부는 자체적으로 조사를 했고 다른 중신들도 동부지사에서 조사를 마쳤습니다. 비상을 건다 해도 특별하게 더 할 것이 없습니다."

"상관없다. 하지만 우리가 아무 행동도 하지 않는다면 의심하는 뒷말들이 더 많아질 수 있다. 그리고 악양에 내려간 특무단에서 대무신가를 역도들로 지정해 달라고 했는데 그것도 허락한다고 해라."

"지금 제황병을 대무신가에서 가지고 있다는 소문이 퍼져 수많은 무림인들이 대무신가를 쫓고 있어서, 역도라고 공표하면 무림인들과 동창 간에 싸움이 벌어질 수도 있습니다."

"그대로 진행해! 사례감들에게는 제황병을 가져오기 위해서는 어쩔 수 없는 결정이었다고 내가 말하겠다."

엄귀환은 자신이 의심을 받는 상황을 반전시키려면 외부의 적을 만드는 것이 최선이라고 판단했다.

우선 철저하게 조사를 하는 것처럼 보여 주기식 조사를 하면서 제황병과 역도라는 큰 건을 가지고 환관 최상층부의 이목을 돌릴 생각이었다.

"알겠습니다. 곧 지시대로 조치하겠습니다."

추곡이 나가자 엄귀환은 심각한 표정으로 생각에 잠겼다. 사인(死因)은 밝혀졌지만 그 역시 여러 가지 의구심을 가지고는 있었다.

하지만 그를 위협하던 왕정의 죽음이라는 호재 때문에 주화입마로 죽었건 암살을 당했건 그는 상관없다고 생각했었다.

하나, 일이 그렇게 간단치 않다는 것을 느낀 것이다. 고윤이 있었다면 이런 문제는 그의 선에서 처리해 주었겠지만 지금의 그에게는 그런 권위가 아직 없었다.

'왕정이 사라졌다고 해도 아직 내 위치가 견고하다고 할 수는 없어. 새로운 싸움이 시작된 것뿐이야.'

신체적인 공통점을 바탕으로 가장 끈끈하게 이어져 있던 환관들을 서로 의심하게 만든 것은 진무성도 예상치 못했던 뜻밖의 성과였다.

* * *

 황도 전체가 마치 난리라도 난 듯이 긴박하게 돌아가고 있는 시각.
 구문제독부 역시 비상이라도 걸린 듯 삼엄한 경계가 펼쳐졌다. 어젯밤까지 멀쩡하던 장광훈이 급사를 했기 때문이었다.
 의원은 심장 마비라고 진단을 했지만 의구심이 드는 것은 어쩔 수 없었다. 하지만 다른 곳과 다른 점은 긴장보다는 뭔가 들떠 있는 분위기라는 것이었다.
 제독 침실에 모인 장군들의 표정은 의외로 매우 밝았다.
 장광훈의 죽음으로 흔들릴 뻔했던 구문제독부의 분위기가 반전할 수 있는 일이 벌어졌기 때문이었다.
 "나리, 아가씨의 정성이 이런 기적을 만든 것 같습니다. 쾌차를 경하드립니다."
 천부장 유적은, 비록 초췌한 모습이었지만 분명 멀쩡하

게 정신을 차린 사마태중을 보며 감격한 듯 말했다.
 사마태중은 고개를 끄덕이더니 유익환을 보며 물었다.
"내가 얼마나 정신을 잃고 있었느냐?"
"삼 개월 정도 됐습니다."
"중차대한 시기에 그리 긴 시간을 허망하게 보냈다니……."
 사마태중은 탄식하듯 말했다.
"나리께서 다시 일어나신 것만으로도 이 나라에 홍복이라고 봅니다."
"지금 업무 시간이 아니더냐? 난 괜찮으니 상장군들만 남고 모두 나가서 일들 보거라."
"예!"
 모두가 나가자 사마태중은 그제야 사마지수를 보며 말했다.
"네가 정말 수고했구나."
 사마지수는 눈물이 글썽하는 눈으로 사마태중을 보며 말했다.
"아버님께서 이렇게 일어나시니 전 더 이상 바랄 것이 없습니다."
"그래…… 내가 일어난 것은 다 네 덕이구나."
 사마태중은 그녀의 어깨를 토닥거리고는 유익환을 보며 물었다.

"그동안 일어난 일들에 대해 말해 보거라."

"예!"

유익환은 석 달 동안 일어난 여러 사건들에 대해 보고를 했다. 하지만 가장 큰 사건은 바로 오늘 일어난 일이었다.

"하룻밤에 그렇게 많은 사람들이 죽었다면 황궁도 지금 발칵 뒤집혔겠구나?"

"삼공 중 한 분이신 태보 나리가 실종되고 두 분의 상서께서 죽었습니다. 그 외에도 여러 중신들이 죽었습니다. 당장 조정에서 국사를 논의하는 것까지 지장을 줄 정도라고 합니다."

"그 외에 또 있느냐?"

"구문제독부에서는 장 부제독이 죽었고 서창에서는 제독 왕정이 죽었습니다. 사례감도 한 명이 죽었습니다."

"오 장군."

"예, 나리."

"우연일 확률이 있다고 보느냐?"

"……어떤 세력에서 조직적으로 암살을 한 것은 아닐까 의심할 수밖에 없을 정도로 너무 많은 사람들이 한꺼번에 죽었습니다. 하지만 암살이라고 확신을 하기에는 너무 완벽합니다. 만약 진짜 암살이라면 그 살수는 천하의 누구도 죽일 수 있다는 말이 됩니다."
"암살이라고 보기에는 동기가 보이지를 않습니다."
"그래, 죽은 자들의 면면이 공통점이 없긴 하구나."
잠시 생각하던 사마태중은 다시 입을 열었다.
"유 장군."
"예!"
"암살은 심증일 뿐이다. 증거가 나올 때까지 본 부에서는 암살이라는 단어를 입에 담지 못하게 해라. 장 부제독이 죽은 것은 안타까운 일이긴 하지만 우리까지 흔들린다면 황실 전체가 불안해진다."
"알겠습니다!"
사마태중은 양기율을 보며 물었다.
"양 장군, 자네의 임무가 막중하다. 황궁의 경비를 더욱 강화하도록 해라."
"예, 나리!"
"이제 가 보거라. 난 좀 쉬어야겠다."
"예! 나리, 편히 쉬십시오."
모두가 나가자 사마태중은 사마지수를 보며 물었다.
"이제 네가 얘기해 보거라."
"무슨 얘기를 말씀하시는지요?"
"어제 누군가 내게 진기를 불어넣었다. 내가 지금 이 정

4장 〈97〉

도로 괜찮아진 것이 그것 때문임을 안다. 시녀 말을 들으니 그때 내 옆에 너만 있었다고 하더구나."

"그, 그게······."

"오늘 사건들에 대해서도 아는 바가 있느냐?"

"아버님, 소녀가 아버님의 질문에 답을 드리지 못함을 용서하세요. 하지만 거짓을 말씀드릴 수는 없다고 생각합니다."

"약조를 했느냐?"

"예."

"믿을 만한 사람이냐?"

"예. 최소한 황도에 더 이상 발을 디디지는 않을 것입니다."

"알겠다. 수고했다. 나가 보거라."

"예."

침울한 표정으로 나온 사마지수는 맑은 하늘을 보자 걸음을 멈췄다.

'아름답구나······.'

사마태중이 사경을 헤매는 동안 그녀의 눈에는 아무것도 보이지 않았었다.

나무와 땅 하늘 그리고 구름까지 모든 것이 새로워 보였다. 하지만 그녀의 표정은 여전히 어두웠다.

"이제 다시는 그분의 얼굴을 보지 못하겠지……."
그리고 그녀의 입에서 처연한 음성이 흘러나왔다.
무엇이 그녀의 마음을 이렇게 아프게 하는 것일까……

* * *

'장군님께서 얼굴이 좀 마르셨던데…… 마음고생이 심하셨을 텐데, 인사도 못하고 그냥 올 수밖에 없었던 저를 용서하십시오.'

진무성은 황도를 떠나기 전, 양기율의 모습을 몰래 보고 왔었다.

최소한 슬쩍 인사라도 할까 하는 생각도 했지만 지금 같은 상황에서 그를 만나는 것 자체가 폐(弊)가 될 수 있다는 판단에 그럴 수가 없었다.

그가 이번에 황도에서 저지른 사건은 양기율의 성정상 용납하지 못 할 일이기 때문이었다.

진무성은 황도 방향을 보며 꾸벅 목례를 했다.

'장군님, 다시 뵈올 기회가 또 오기를 바라겠습니다. 그 동안 안녕하십시오.'

양기율에게 작별 인사를 한 그는 다시 정면으로 돌아섰다.

난간을 손으로 잡고 뱃머리의 갈라지는 물살을 보며 뭔가를 깊이 생각을 하던 그는 고개를 살래살래 흔들며 작은 한숨을 내쉬었다.

 마노야의 머리와 진무성의 머리가 합쳐진 그의 머릿속은 끊임없이 지금 상황에 대해 분석을 하고 있었다.
 수십, 수백가지의 경우 수가 그의 머리에 그려졌고 불가능하거나 가능하더라도 확률이 너무 적은 상황은 지웠다. 그러나 여전히 상황 예측이 확실하게 떠오르지 않았다.
 지금 사방 곳곳에서 모습을 드러내고 있는 대무신가가 어느 정도의 전력을 가지고 있는지 그리고 최종 목적이 무엇인지를 모르기 때문이었다.
 '대무신가의 가주…… 신으로 추앙을 받을 정도로 수하들에게 충성을 받고 있어…… 그런 힘과 능력을 가진 자가 그 나이까지 왜? 계속 숨어 있었을까?'
 공우명은 나이가 팔십이 넘은 것으로 알려져 있었다. 그렇다면 대무신가의 가주의 나이는 구십에 가깝거나 넘는다고 봐야 했다.
 구십이면 무림인들조차도 금분세수(金盆洗手)를 할 나이였다.

지금까지 드러난 대무신가의 전력을 보면 이미 오래 전에 야심을 드러내고도 남을 전력이었다.

'영 매의 현무신녀궁을 없애고 수십 년 전에 황실에도 완벽한 간세를 박아 넣었어. 거기다 귀가 역시 엄청난 자금과 시간을 들여 건축한 곳이 분명해. 게다가 무공은 대부분이 오래 전에 마교에서 실전된 것들이었어. 기억에 의하면 마교는 마노야가 탄생하기 이백여 년 전에 갈라졌어……'

마노야의 기억에 의하면 마교는 두 번에 걸쳐 커다란 분열을 겪었다.

십만대산을 떠난 분교자들은 이름까지 바꿔 가며 중원에서 자리를 잡으려고 했지만 천년마교에 크게 데인 무림은 종교를 빙자한 세력이 다시 일어나는 것을 용납하지 못했다.

결국 분교하고 떠난 마교 세력들은 무림 역사에 악명을 남기고 사라지고 말았다.

한 마디로 대무신가가 마교의 분교 세력일 가능성은 매우 적었다.

'내가 아직 모르는 뭔가가 있어…… 그게 뭘까?'

진무성은 설화영이 아직은 그를 만나면 안 된다는 말이 사실이라는 생각이 들자 가슴이 답답해졌다.

정의와 협의에 대해 여러 가지로 고심하고는 있지만 그래도 최우선으로 소망하고 있는 것은 자신과 설화영의 복수를 한 후 무림을 떠나 둘만의 생활을 하는 것이었다.

하지만 대무신가에 대해 알면 알수록 자신의 소망이 쉽게 이루어지는 것이 쉽지는 않을 것 같다는 생각이 들었다.

진무성은 숨을 들이마시며 입술을 굳게 다물었다.

'그래…… 대무신가의 가주 당신이 누구인지는 모르겠지만 내가 절대로 너의 야욕을 좌시하지 않을 것이다.'

그의 눈동자가 휘번득하더니 혈안으로 변했다. 대무신가의 가주에 대한 강력한 살의였다.

* * *

무림맹 맹주 집무실.

맹주 하후광적과 군사 제갈장우를 포함한 맹주단이 모두 모여있었다.

모두의 표정이 침중한 것이 지금 상황이 매우 엄중하다는 것을 모두 느끼고 있는 것 같았다.

잠시의 정적이 흐르고 드디어 제갈장우가 일어서더니 포권을 하며 보고를 시작했다.

"맹주단 원로분들께 배포한 보고서를 참조하시며 제 보고를 들어주십시오."

제갈장우는 그 동안 무림에서 일어난 사건들을 시간별로 먼저 설명을 했다.

이미 모두가 다 알고 있었던 사건들이었지만 제갈장우가 일목요연(一目瞭然)하게 정리하고 설명을 시작하자 모두의 표정은 더욱 굳어졌다.

"제갈 군사."

보고가 잠시 멈추자 부맹주인 유명월이 입을 열었다.

"예."

"마교가 아니라 천년마교라고 적시했는데 증거가 있소?"

마교가 나타나 무림을 혼란에 빠뜨리는 경우는 그동안에도 여러 차례 있었다. 하지만 천하를 장악했던 천마의 마교, 즉 천년마교는 나타난 적이 없었다.

의심이 되는 경우도 있었지만 천하가 혼란에 빠지는 것을 염려해 의도적으로 천년마교란 단어는 입에 올리지 않았다.

그런데 제갈장우가 올린 보고서에 천년마교라는 단어를 확실하게 적어 놓은 것이었다.

"죄송하지만 없습니다."

"증거도 없이 천년마교를 언급하는 것은 필요없는 말들을 양산할 수도 있다는 것을 모르시오?"

"그래서 그 보고서는 맹주단만이 공유하게 될 것입니다."

유비무환이라는 의미였다.

"경각심을 가지라는 말인데 구체적으로 그런 판단을 한 이유를 말해 보시게."

"악양에서 올라온 보고서에 의하면 천외천궁과 검각이 공주와 검주를 내보냈다고 합니다."

이미 알고 있었는지 고개를 끄덕이는 사람도 있었지만 금시초문이라는 듯 눈이 커지는 사람도 있었다.

천외천궁과 검각이 나섰다는 것은 천년마교가 나타났다는 의심 정황이 있다는 의미였다.

"그 동안에도 천외천궁이나 검각이 무림에 나타난 적은 있지만 대부분은 진짜 천년마교는 아니었지 않소?"

수하사태의 말에 제갈장우는 맞다는 듯 즉시 답을 했다.

"제가 나열한 사건들 속에서 마교의 무공으로 의심되는 흔적이 다양하게 나타났습니다."

"예전 마교가 나타났을 때도 마교 무공의 흔적이 보였지 않소?"

"그렇습니다. 그러나 군사부에서 분석을 한 결과 너무 많은 흔적이 보였습니다. 특히 태호산에서 있었던 사건이 천년마교라는 심증을 굳히는 데 크게 일조를 했습니다."

"태호산이면 무림 금지 구역으로 불리던 귀가에서 일어난 혈겁을 말하는 것입니까?"

팽가의 팽위방이 궁금했던 사건이었던지 반문했다.

"예, 본 맹과 개방 그리고 제갈세가까지 투입이 되어 정밀 조사를 한 결과를 예전 천년마교가 중원에 침공해 했던 일들과 상당히 유사점이 많다는 결과가 나왔습니다."

천마가 마교를 이끌고 무림을 쳐들어왔을 때 벌인 악행은 너무 많아 천년이 지난 지금까지도 전해 내려오는 참담한 사건이 많았다.

"그럼 군사부에서는 무림맹에서 어떤 조치를 해야 한다고 생각하시나?"

"이미 비상을 걸고 악양에 무력단과 단목 공자까지 보냈습니다. 하지만 그 정도로는 부족하다는 결론에 도달했습니다."

"여기서 더 할 수 있는 일은 소집령인데 그게 얼마나 큰 반향을 불러올지는 군사도 잘 알지 않소?"

"압니다. 그래도 소집령을 내려야 한다고 생각합니다."
"왜 그렇게 급한 것인지 알 수 있겠소?"
제갈장우는 잠시 생각하더니 조심스럽게 입을 열었다.
"창룡이라 불리는 자가 곧 무림에 대혈겁이 일어날 수 있다고 자꾸 경고를 하고 있습니다."
모두는 어리둥절한 표정으로 제갈장우를 쳐다보았다. 오로지 상황 파악과 보고서에 근거한 분석에 따라 결과를 내놓는 제갈장우의 입에서 나온 말이라는 것이 믿기지 않는 때문이었다.
"아니, 정체도 불분명한 창룡이란 자의 경고 때문에 그런 결론을 내렸다는 것이오?"
팽위방이 무슨 말도 안 되는 소리냐는 듯 반문했다.
"맞습니다."
"그자를 어찌 믿을 수 있다는 것이오?"
제갈장우는 하후광적을 슬쩍 쳐다보더니 다시 말했다. 이미 하후광적에게 허락을 받은 의견이라는 것을 알 수 있었다.
"아직 저도 모릅니다. 하지만 그가 이미 무림의 핵심인물이고 그의 한 마디가 대단한 영향력을 발휘하고 있음은 현실입니다. 전 그가 이유없이 그런 경고를 한다고 생각하지 않습니다."

"저는 제갈 군사의 의견을 지지하겠습니다."

남궁지웅의 말에 모두가 의아한 표정으로 그를 쳐다보자 구지신개가 기다렸다는 듯이 부언했다.

"저도 창룡의 말을 무시해서는 안 된다고 봅니다. 준비는 빨리 하는 것이 좋습니다. 제갈 군사의 의견을 저도 지지하겠습니다."

"저도 준비는 과한 것이 많다고 봅니다. 제갈 군사의 의견에 맹주단에서 힘을 주는 것이 맞다고 봅니다."

당가의 당사명까지 나서자 모두의 표정이 미묘하게 변했다.

제갈세가와 당가, 남궁세가 그리고 개방과 형산파까지 장로회에서 창룡을 비난 하는 자들을 적극적으로 막아서며 비호했던 세력들이었다.

그런데 맹주단에서도 같은 세력이 그의 경고를 진지하게 받아들여 소집령을 내리는 것에 찬성을 하니 무엇인가 있다는 생각을 하지 않을 수 없었다.

"소집령 발동을 반대하시는 분 계십니까?"

드디어 하후광적이 나서자 모두는 갈등하는 표정이 되었다.

그가 찬성하시는 분을 말하지 않고 반대하시는 분이라고 한 것은 정치적인 화술이었다.

찬성하는 분을 말했다면 손을 들지 않을 수 있었다. 찬성은 아니지만 그렇다고 꼭 반대도 아니라는 모호한 입장을 표할 수 있기 때문이었다.

하지만 반대를 할 경우 이미 지지를 선언한 자들을 무시하는 것으로 받아들여질 수도 있었다.

무림 오대세가 중 삼대세가가 소집령에 찬성을 한 이상 팽가나 황보세가에서 반대를 하는 것은 상당히 껄끄러울 수밖에 없었다.

이것을 막을 사람은 구파일방을 대표하는 원로들 뿐인데 그들조차 나서지를 않았다. 개방이 찬성을 했기 때문이었다.

구파일방에서 개방은 정보를 책임진 중요 문파였다. 그런 개방이 찬성을 했다면 무엇인가 이유가 있다고 판단하는 것은 당연했다.

결국 반대를 표명하는 사람이 없자 하후광적은 고개를 끄덕이며 말했다.

"그럼 소집령을 발동하는 것으로 결정이 되었습니다. 하지만 소집령은 각 문파에게는 상당히 어려운 요구가 된다는 것을 잘 아실 겁니다. 이제부터 원로분들께서는 장로들을 잘 설득해 주시기를 바라겠습니다."

하후광적의 결정이 떨어지자 모두는 입을 닫았다. 그리

고 모두는 창룡의 영향력이 맹주단의 결정을 좌지우지할 수 있을 정도로 커졌다는 것을 인정하지 않을 수 없었다.

* * *

악양 포구에 도착한 진무성은 누군가 걸어 둔 깃발을 보자 주위를 살폈다. 그리고 은밀하게 그려진 표식을 보자 표식이 가리키는 방향으로 걸어가기 시작했다.

표식의 방향이 바뀔 때마다 그려져 있었다. 하지만 표식만으로는 방향이라든가 의미를 전혀 알 수 없어서 약속된 사람이 아니라면 그것이 무엇을 의미하는지 전혀 알아볼 수 없었다.

그렇게 가던 진무성이 도착한 곳은 악양루 근처에 있는 허름한 주루였다.

안으로 들어간 진무성은 표식이 그려진 자리에 앉았다.

"무엇을 드릴까요?"

"소채 한 접시하고 죽엽청 한 병 주시오."

"알겠습니다!"

점소이가 떠나고 음식을 다시 가지고 올 때까지 이각쯤 걸렸다.

그때 그의 앞에 늙은 거지 한 명이 나타나더니 의아한

표정을 지으며 말했다.

"여긴 약속이 되어 있는 자리인데 자네는 다른 곳에 앉으면 안되겠나?"

노개의 말에 진무성은 미소를 지으며 말했다.

"오랜 만입니다. 어르신. 저 맞으니 앉으십시오."

구룡신개는 진무성의 말을 듣자 깜짝 놀란 얼굴로 다시 물었다.

"진짜 진 대협이오?"

"예."

"아니 얼굴이?"

"우연히 좋은 약을 만나서 흉터를 좀 치료했습니다."

"아니 세상에 어떤 약이기에? 그런 약이면 나도 좀 얻을 수 있겠소?"

진무성은 미소를 지며 말했다.

"죄송합니다. 약은 약인데 좀 이상한 약이라 드리기는 어려울 것 같습니다. 그런데 저를 찾으신 이유가 무엇인지요?"

"진 대협이 보낸 서찰대로 조사를 하다가 의심스러운 곳이 발견되어 연락을 드렸소이다."

그의 말을 들은 진무성의 눈에 이채가 나타났다.

5장

"어디입니까?"

진무성은 귀가를 없앤 후, 구룡신개에게 남아 있는 삼대 금지 구역에 대한 조사를 부탁했었다.

호남과 광서 경계의 영롱산에 위치한 천독곡과 복건과 절강의 경계에 있는 적운산의 사망동 그리고 감숙과 섬서 경계에 있는 황진산의 광마촌이었다.

"사망동이라는 곳입니다."

"사망동이요?"

"직접 가 보지는 못했습니다. 하지만 그곳에 거주하는 약초꾼들 사이에서 나온 얘기가, 들어가면 죽는 동굴이 있다고 했답니다. 한데 이상한 점이, 그럼에도 그 동굴을 드나드는 사람이 있다는 것이었지요."

"어르신, 약초꾼들에게 들킬 자들이 아닙니다."

"개방의 제자들을 우습게 보지 마십시오. 그 정도는 다 생각하고 보고를 합니다. 약초꾼들이 발견한 것은 진짜 사람들이 아니라 동굴을 드나든 것으로 보이는 사람의 흔적이라고 했습니다. 그들은 교묘한 곳에 핀 약초들을 찾기 때문에 한 번 슥 훑어보는 것만으로도 다른 점을 알아본다고 하더군요."

"천독곡과 광마촌은 어떻게 됐습니까?"

"천독곡이 있다는 영룡산에 가 보았지만 아는 사람이 없었다고 합니다. 광마촌은 아직 조사가 다 끝나지 않았습니다."

진무성은 그에게 포권을 했다.

"수고하셨습니다. 제가 무리한 부탁을 해서 어르신께 폐를 끼쳤습니다. 다음에 기회가 되면 개방의 부탁을 제가 들어드리겠습니다."

진무성의 말에 구룡신개는 흡족한 미소를 지으며 말했다. 그가 개방의 부탁을 들어주겠다고 약조한 것만으로도 큰 성과였기 때문이었다.

"그런 말씀 마십시오. 진 대협의 부탁이라면 언제든지 환영입니다. 그런데 태호산 귀가에서 일어난 사건은 진 대협과 연관이 있습니까?"

"귀가는 대무신가에 소속된 곳이었습니다. 제황병을 가지고 도망친 자들을 추적하다가 발견하게 되었습니다."

"혹시 무슨 일이 있었는지 알 수 있겠습니까?"

"제가 도착했더니……."

진무성은 귀가에 도착한 후 일어난 일에 대해 설명을 하기 시작했다.

그리고 그 말을 듣던 구룡신개의 눈이 동그래졌다. 만약 사실이라면 인간의 몸으로 벽력탄의 폭발의 중심에서 충격을 견뎌 냈을 뿐 아니라 수만 근의 바위들까지 버텼다는 말이 아닌가……

"그럼 제황병은 어떻게 됐습니까?"

"이미 다른 곳으로 빼돌렸더군요. 하지만 조만간에 어디로 옮겼는지 알게 될 것입니다."

"알겠습니다. 광마촌에 대해서 새로운 소식이 있으면 곧 연락을 드리겠습니다."

"감사합니다."

진무성의 말을 다른 사람이 했다면 구룡신개는 의심부터 했을 것이었다. 모든 상황을 의심하고 거짓을 찾아내는 것이 그의 업무였기 때문이었다.

그러나 그는 의아할 정도로 진무성의 말을 믿고 있었다. 상대가 자신을 믿도록 만드는 것은 대인 관계에 있어서는 무공보다도 더 중요한 능력이라고 할 수 있었다.

구룡신개가 떠나고 반 각쯤 지났을까……

"진 형, 정말 이럴겁니까?"

급히 달려온 듯한 한 청년, 백리령하였다.

"천외천궁의 정보력이 대단한 것 같습니다. 빨리 찾아오셨습니다."

"배를 타고 가셨다고 하니 악양포구로 올 것이라고 판단했을 뿐입니다."

"제 얼굴을 기억 못하다고 하던데 어떻게 저인 줄은 알았을까요?"

"얼굴로는 어렵지만 옷과 체격 그리고 풍기는 기세로 알아볼 수는 있다고 하더군요."

"검노란 분이 대단하신 것 같군요. 우선 앉으시지요."

백리령하가 자리에 앉자 진무성은 다시 물었다.

"요 며칠간은 급한 사건이 없었던 것으로 알고 있는데 왜 그렇게 찾으신 겁니까?"

"무림맹의 단목 공자께서 진 형을 만나고 싶어하십니다."

"저를 만나려고 하는 이유가 있습니까?"

"아무래도 단목 공자께서 진 형의 정체를 눈치챈 것 같아요."

"단목 공자께서 매우 현명하다는 생각은 했지만 저의 정체까지 알아챌 줄은 몰랐습니다. 혹시 진 형이나 곽 검주께서 눈치챌 단서를 주신 것은 아닙니까?"

진무성의 반문에 백리령하는 뜨끔한 표정으로 답했다.

"저희가 그럴 리가 있겠습니까?"

"백리 형께서 아니라고 하시니까 그건 그렇다 치고, 제 정체를 알았다고 해서 만난 이유가 있겠습니까?"

"단목 공자는 무림맹을 떠나 대부분의 정파에서 다음 대 정파의 지도자로 기대를 하고 있습니다. 그의 말 한마디 한마디가 생각보다 영향력이 크다는 말입니다. 전 진 형께서 단목 공자와도 진솔한 대화를 나눠 보는 것이 어떨까 제안을 하고 싶습니다."

"흠…… 백리 형께서 이렇게 말씀을 하시니 한 번 만나 보는 것도 나쁘지는 않을 것 같군요. 그럼 언제 만나 볼까요?"

진무성이 승낙을 하자 백리령하의 얼굴에 환한 미소가 나타났다. 진무성이 무림맹까지 우군으로 만든다면 그녀나 곽청비의 판단이 틀리지 않았음을 윗사람들에게 설명하기가 한결 수월해질 것은 자명했기 때문이었다.

"언제 시간이 되시겠습니까? 진 형의 시간에 맞춰 제가 단목 공자를 모시고 가겠습니다."

"며칠간은 삼원루에서 머물 것 같습니다. 언제든지 찾아오십시오."

말을 마친 진무성은 창밖을 한 번 보더니 몸을 일으켰다.

"곽 검주님께서도 아신 모양입니다. 이곳으로 오고 계시네요. 어차피 같은 용건일 것 같으니 전 먼저 가 보겠습니다."

진무성이 사라지고 반 각도 채 안 되는 시간이 지나자 곽청비가 주루로 올라왔다.

그녀는 자리에 앉아 두리번거리고 있는 백리령하를 보자 그 앞에 앉으며 물었다.

"진 공자가 여기 있다는 보고를 받았는데 공주는 만났어?"

"응, 만났어."

"언제?"

"방금 전에. 그런데 곽 검주 도착하기 전에 사라졌네?"

백리령하는 지금 상당한 충격을 받은 상태였다.

우선 그녀는 곽청비가 오는 것을 진무성의 말을 듣고도 감지를 못했었다. 그리고 진무성이 사라지는 것을 눈앞에서 보았음에도 어디로 갔는지 전혀 알아낼 수가 없었다.

더욱 그녀를 어리둥절하게 한 것은 자신의 눈앞에서 사람이 그냥 사라졌는데 주루 안에 있는 사람들이 전혀 의식하지 못하고 있다는 점이었다.

물론 대부분의 손님이 양민인지라 진무성이 사라지는 것을 알아채는 것은 불가능했다.

하지만 꽤 많은 손님들이 앉아 있었고 점소이도 그들을 주시하고 있었다. 그가 사라지는 모습을 볼 수는 없겠지만 자리에 앉아 있는 사람이 갑자기 없어졌다는 것 정도는 당연히 볼 수 있었다.

하지만 누구도 그가 사라진 것을 알아채지 못하고 있는 것 같았다. 그것은 그녀가 아무리 생각해도 이해가 되지 않는 현상이었다.

"사라지다니 그게 무슨 말이야?"

"말 그대로 사라졌다니까."

"그러니까 어떻게 사라졌다는 거냐고?"

또다시 토닥거리며 말 싸움을 시작한 그녀들을 은밀히 쳐다보고 있는 한 노인이 있었다.

모른 척하고 있었지만 그는 진무성이 구룡신개를 만나는 것부터 백리령하와 대화를 하고 있는 장면까지 모두 보고 있었다.

그가 진무성을 유심히 살피기 시작한 것은 구룡신개 때문이었다.

개방의 장로 중에서도 배분이 꽤 높은 그가 이십대 청년으로 보이는 진무성에게 대하는 자세가 이상할 정도로 공손한 것을 수상하게 본 것이었다.

그가 더욱 놀란 것은 구룡신개를 본 후, 그들의 대화를 들어 보기 위해 귀를 기울였지만 한 마디도 들을 수 없었다는 점이었다.

분명 전음은 아니었다. 그럼에도 전혀 들리지 않는다는 것은 한 가지 이유밖에 없었다.

점점 흥미를 느끼던 그는 구룡신개가 떠나고 백리령하가 나타나면서 진무성에 대해 좀 더 확실히 알아봐야겠다는 생각을 했다.

백리령하가 누구인지는 그도 아직은 몰랐다. 하지만 무공 수준이 그를 넘어선다는 것은 직감할 수 있었다. 그러자 진무성의 무공이 낮아 보이는 것도 속임수일 수 있다는 생각이 들었다.

그러던 그를 경악하게 한 일이 벌어졌다.

그는 백리령하와 대화를 하는 진무성을 계속 주시하고 있었다. 그리고 어느 순간 백리령하 혼자만 남아 있다는 것을 알았다.

 진무성이 사라진 것이었다. 자신의 이목을 완벽하게 숨기고 사라진 것은 그의 무공이 자신의 예상보다 훨씬 뛰어남을 보여줬다.

 딱 그 정도라고 생각했다.

 한데 문제는 진무성이 사라지고 백리령하가 혼자 앉아 있었음에도 그가 진무성이 사라진 것을 자각한 것은 곽청비가 도착한 것을 본 후였다.

 없어졌는데 눈으로 보면서도 몰랐다는 것은 절대로 있을 수 없는 일이었다.

 노인은 급히 몸을 일으키고는 밖으로 나갔다.

 백리령하와 곽청비도 조사를 해 봐야 할 인물로 보였지만 진무성은 절대로 놓쳐서는 안 된다고 판단했기 때문이었다.

 밖으로 나온 노인은 주위를 두리번거리더니 어디론가 몸을 날렸다.

* * *

 악양을 또다시 강타한 소문이 있었다. 지금까지 있었던 사건들과 비교하면 좀 약한 소문이긴 했지만 너무 연달아 큰 사건이 벌어져서인지 악양의 민심은 매우 불안정해질 수밖에 없었다.

황궁에서 대무신가를 역적으로 규정하고 대대적인 추포를 명했기 때문이었다.

무림인들의 추적과 관의 추적이 다른 점은 대무신가에 대해 고발하는 사람에게는 포상금을 준다는 것이었다.

이번에도 대무신가에 대한 정보를 고발하는 자들에게는 무려 은자 오십 냥을 준다는 포고문이 붙은 것이다.

사인 가족이 한 달 동안 일하지 않고도 풍족하게 살 수 있는 돈이 은자 한 냥이었다. 그런데 오십 냥이라니……

무림인들과 양민들의 다른 점이 바로 무림인들은 적들을 쫓아가기에 그들이 숨어 버릴 경우 놓칠 수도 있지만, 양민들은 그들을 본다는 사실이었다.

대무신가로 보이는 자들이 어디를 지나가는 것을 보았다, 어디로 들어가는 것을 보았다 등등…… 수많은 제보가 쏟아져 들어오기 시작하면서 제황병을 노리는 무림인들의 움직임도 바빠졌다.

제보된 내용이 즉시즉시 무림인들에게 전해졌기 때문이었다.

그리고 그 소식은 대무신가에도 전해졌다.

"본 가를 역적으로 지정한다니! 이놈들이 정말 미친 것 아니냐?"

장로 조규환의 울분에 찬 목소리를 심각한 표정으로 듣고 있던 군사인 정운이 조심스럽게 입을 열었다.

"저도 뭔가 잘못되었음을 느끼고 황도로 연락을 했습니다. 그런데 답이 오지를 않고 있습니다."

정운이 말에 사공무경이 입을 열었다.

"군사."

"예!"

"황도에 연락이 가능한 자들이 모두 몇 명이냐?"

"저희와 전서구로 직접 연락을 취하는 분들은 모두 두 명입니다."

"두 곳다 연락을 취해 보았느냐?"

"예!"

"여기서 연락을 취하면 거기서 얼마나 지나야 답이 오느냐?"

"길으면 하루 짧으면 반나절입니다."

"그 이상 늦는 경우는?"

"한 번도 없었습니다."

사공무경의 표정이 살짝 변했다. 그리고 곧 공우명의 사주팔자를 짚어 보기 시작했다.

계속 짚어 가며 계산을 하던 손가락이 딱! 멈추는 순

간, 그의 얼굴이 일그러졌다.

'이, 이런 말도 안 되는…….'

공우명으로 살아가고 있는 그의 동생 사공무달은 아직도 이십 년은 더 살수 있는 것으로 사주팔자가 정해져 있었다.

그런데 그것이 변해 있었다.

사주팔자는 정해진 그의 운명이 아니기에 주의 여건이 변화하면 달라질 수도 있었다. 하지만 변하는 것은 그의 운이었지 정해진 생명은 아니었다.

그런데 이십 년을 더 산다고 나온 그가 죽었다고 나온 것이다.

그는 이 일이 당장 진무성의 짓이라고 판단했다.

천기를 읽지 못하게 막고 움직임이 전혀 예측이 안 되며 이미 정해진 생명까지 바꿔 버릴 수 있는 자는 천하에 한 명밖에 없기 때문이었다.

그런 자가 둘이나 세상에 등장하는 것은 천리(天理)에 어긋난다는 것이 그의 생각이었다.

'이, 이놈을…….'

사공무경은 자신이 직접 나가 그를 처단해야 할지도 모른다는 생각이 들었다.

사공무경의 얼굴이 일그러지는 것을 본 조규환이 급히

고개를 조아리며 물었다.

"가, 가주님 무슨 일이십니까?"

"공유명이 죽었다."

"예? 당금 천하에 누가 태보를 죽이겠습니까?

"내가 예지도 못하고 공유명을 죽일 수 있는 놈이 누가 있겠느냐?"

과거에도 공유명은 황실의 권력 다툼에 휘말려 죽거나 실각할 뻔한 적이 있었다. 그러나 그때마다 사공무경의 예지 덕에 위기를 벗어날 수 있었다. 그런데 지금은 공유명이 죽었음에도 전혀 모르고 있었다.

사공무경은 자신이 오랫동안 계획한 일이 또다시 무참히 무너져 내렸다는 사실에 분노를 참을 수 없었다.

우르르루루!

그들이 있는 방은 물론 전각 전체가 지진이라도 일어난 듯 심하게 흔들리자 조규환을 비롯 모든 간부들이 급히 머리를 바닥에 대면서 소리쳤다.

"가주님, 반드시 그놈을 죽일 것입니다. 저희를 용서하시고 화를 푸십시오."

사공무경이 단지 화를 냈을 뿐이었는데 지진이 일어난 듯 땅 전체가 흔들리다니……

인간의 힘으로 가능한 일일까?

사공무경은 조규환의 충언에 화를 다스리기 시작했다. 그러자 곧 흔들림이 잦아들었다.

"이제부터 창룡을 보더라도 보고만 하고 절대 그놈을 건드리지 말아라."

"예? 그게 무슨……."

"이놈을 이런 식으로 상대를 하다가는 피해만 가중될 것 같다. 그놈은 초인동에서 전적으로 맡도록 하겠다."

"초인동의 초인들은 대계에서 가장 중요한 시기에 나서기로 되어 있습니다."

정운은 너무 이르다는 생각에 조심스럽게 말했다.

"그놈을 죽이는 것이 최우선이다. 그놈을 죽이지 못한다면 지금 말한 대계의 중요한 시기조차 오지 못할 수 있음이다."

사공무경은 아무 말없이 무표정한 표정으로 앉아 있는 노인을 보며 다시 말했다.

"사공무천!"

"예, 형님!"

"오늘부터 네가 대무신가를 맡아 계획을 감시 감독해라. 난 당분간 대무신가를 떠나 있을 것이다."

"대무신가 수석호법 사공무천! 가주님의 명을 받아 임무를 완벽하게 이행하겠습니다."

그는 부복을 하며 결연한 표정으로 소리쳤다.
 사공무경의 말은 이제부터 자신이 직접 창룡을 제거하는 일에 전념하겠다는 의미였다.

* * *

 초선은 신음 소리에 급히 불을 켰다.
 자고 있던 설화영이 이렇게 힘들어 하는 경우를 이미 여러 차례 경험했던 그녀는 설화영의 이마에 송골송골 맺히는 땀을 천으로 살살 닦았다.
 '이번에는 유난히 힘드어 하시네, 휴우! 얼마나 힘드시면…… 이 땀 좀 봐.'
 설화영이 힘들어하는 모습을 보며 초선은 안쓰러운 듯 중얼거렸다.
 마음 같아서는 당장 깨우고 싶었지만 그녀는 할 수 없었다. 절대 깨우면 안 된다는 명을 받았기 때문이었다.

 설화영은 장소를 알 수 없는 곳에 서 있었다.
 태풍의 한가운데에 서 있는 듯, 그녀의 옷은 찢어질 듯 펄럭거리고 있었다.
 그녀의 주위는 수많은 시신과 피로 시산혈해(屍山血海)

를 이루고 있었다. 그 시신 사이에는 언제나 그녀를 쫓아다니던 괴물들과 괴인들이 이미 그녀를 포위하고 있었다.

언제나 도망을 다니다가 잡히느냐 마느냐의 기로에서 깨거나 진무성이 그녀를 구해 주었다. 이번처럼 아예 도망칠 수 없는 포위망 속에 있는 것은 처음이었다.

그러나 그녀의 눈은 그들을 보고 있지 않았다.

검붉은 하늘.

하늘에 나타난 커다란 혈안(血眼)이 마치 먹잇감을 보듯 그녀를 주시하고 있었다. 지금까지 한 번도 나타나지 않았던 새로운 계시였다.

보는 것만으로 기절할 것 같은 공포 속에서도, 그녀는 이를 악물고 무엇이든 한 가지라도 알아내겠다는 듯 혈안을 쳐다보았다.

그녀가 언제나 그녀를 쫓아오던 괴물과 괴인들의 포위망 속에서 견딜 수 없는 공포의 혈안을 보고도 버틸 수 있는 이유는 한가지였다.

그녀의 곁에서 손을 꼭 잡고 창끝을 앞으로 내밀고 서 있는 진무성의 존재 때문이었다. 그녀는 진무성만 옆에 있으면 어떤 공포도 무섭지 않았다. 심지어 그와 함께 죽는다 해도 행복이라고 여겼다.

그때, 그녀의 눈이 커졌다. 혈안만 보이던 하늘에 어떤 존재가 형상을 갖추기 시작한 때문이었다.

혈안의 밑으로 보는 것만으로 소름이 끼칠 정도로 괴이하게 웃는 입의 모양이 나타났고 그 주위가 점점 짙어지며 존재의 형상이 구체화 되기 시작했다.

그, 그것은 분명……

그녀의 몸이 부르르 떨리자 그녀의 손을 꽉 잡으며 귀를 파고 드는 목소리가 있었다.

"내가 있는 이상 영 매는 안전할 것이오!"

순간 그녀는 눈을 번쩍 떴다.

"아가씨, 괜찮으세요?"

온몸이 땀으로 젖은 그녀의 얼굴은 사색으로 변해 있었다.

그녀는 급히 좌우를 둘러보았다. 진무성을 찾은 것이었지만 그가 있을 리 없었다.

"아가씨, 왜 그러세요? 어떤 꿈을 꾸셨기에……."

초선은 천으로 그녀의 얼굴의 땀을 닦아 주며 물었다.

"지금 시각이 몇 점이나 되느냐?"

"묘시 다 되어 갑니다."

"묘시……."

잠시 생각하던 그녀는 창가로 가더니 창을 열고는 하늘을 쳐다보았다.

'역시…… 변했어.'

그녀는 탄식하듯 속으로 중얼거렸다.

"아가씨, 천기가 안 좋으세요?"

설화영을 부축하고 있던 초선은 설화영의 표정이 안 좋자 걱정스러운 얼굴로 물었다.

"하늘의 혈기가 더 강해졌어. 대환난의 시기가 점점 가까워지고 있는 것 같아."

설화영의 말에 초선 역시 불안한 듯 다시 물었다.

"대환난이 시작되면 어떤 일이 벌어질까요?"

"글쎄…… 나도 어떤 일이 벌어질지 알 수 없구나. 다만 많은 사람들이 죽는 것만은 확실한 것 같아."

"진 대인께서는 괜찮으실까요?"

초선의 질문에 설화영은 말 없이 고개를 살짝 저었다. 모른다는 의미인지 말하기 싫다는 것인지 알 수는 없었지만 초선은 더 이상 묻지 않았다.

"잠시 혼자 있고 싶구나."

"지금 쓰러질 것 같으세요."

"괜찮아."

초선은 걱정스러운 표정으로 머뭇댔지만 결국 나갈 수

밖에 없었다.

 초선이 나가자 창 밖으로 다시 시선을 돌린 그녀는 아련한 눈빛으로 어두운 밤하늘을 쳐다보았다.

 그녀의 시선이 향한 곳은 붉은색과 백색의 빛이 계속 일렁이는 별이었다.

 '상공, 소첩 때문에 상공이 위험해진 것은 아닌지 염려스럽습니다. 정말 죄송합니다.'

 그녀는 진무성이 너무 보고 싶었다. 진무성의 별을 보고 있던 그녀의 눈이 살짝 커졌다.

 새(鳥)인가……?

 아니었다.

 그리고 그녀의 얼굴에 감격스러운 미소가 떠올랐다.

 그곳에는 그녀가 보고 싶어하던 사람이 보이고 있었다.

* * *

"틀림없느냐?"
 "노부가 다른 것은 몰라도 사람 보는 눈만큼은 자신 있습니다. 그자는 조사해 볼 가치가 있다고 봅니다. 특히 마지막에 사라졌을 때 제가 보고 있는데도 사라지는 것을 감지 못 했다는 것은 진짜 이상한 일이었습니다."

 대화를 나누는 자는 뜻밖에도 구룡신개를 만났을 때 주루에 같이 있던 노인이었다. 그런데 같이 대화를 나누는 자가 뜻밖이었다.

 초인동의 십 단계 초인으로 사공무경에게 부름을 받았던 중년인이었던 것이다.

 "순행사자, 그놈의 용모파기를 그릴 수 있겠느냐?"

 "사실, 제가 그자를 더욱 의아하게 본 것은 용모파기 때문이었습니다."

 "무슨 말이냐?"

 "그자의 얼굴을 그릴 수가 없었습니다."

 "그건 또 무슨 소리냐?"

 "천변술이 분명했습니다."

 "정말이냐?"

 "보는 앞에서 사라져도 감지를 못하고 얼굴을 봤음에도 얼굴을 정확하게 기억을 하지 못한다는 것은 천변술 중 무면술과 무형술밖에는 없습니다."

 순행사자의 말에 중년인의 표정이 말도 안 된다는 듯 고개를 갸웃했다.

 "천변술은 이미 실전이 됐다."

 "하지만 마교에서는 여전히 알고 있을 것입니다."

"그놈들은 무림이 무서워서 중원에는 발도 디딛지 못하는 겁쟁이들이다. 넌 설마 그놈이 마교에서 나왔다고 생각하는 것이냐?"

"마교에서 나온 놈은 아닐 것입니다. 하지만 분교했던 자들의 무공이 누구에게 전해졌을 수도 있지 않겠습니까?"

"절대 그럴 일은 없다."

중년인은 뭔가를 아는 듯, 단호하게 부정했다.

"그렇다면 그놈이 어떻게 천변술을 알고 있는 것일까요?"

"그거야 그놈을 잡아 보면 알겠지. 그놈과 대화를 한 자들이 누군지부터 알아 봐라."

"한 놈은 개방의 구룡신개였습니다. 하지만 다른 두 명은 누구인지 알 수 없었습니다."

"구룡신개가 어디에 있는지 알아내라."

"본 가의 조직이 상당히 망가져 시간이 좀 걸릴 것 같습니다."

"다른 두 놈도 누구인지 알아내라."

"알겠습니다."

대답을 마친 순행사자가 나가자 중년인은 턱 수염을 만지며 중얼거렸다.

'놈이 천변술을 안다고? 천마신공을 익히지 않고는 천변술을 펼칠 수가 없는데 어떻게?'

그는 마교의 수법에 대해 예상외로 많이 알고 있었다. 그것은 대무신가와 마교간에 분명 연관이 있음을 알려주는 것이었다.

* * *

"언제 악양에 돌아오셨습니까?"

진무성이 방 안으로 쑥 들어서자 설화영은 그의 품에 안겨 두 손으로 허리를 꼭 잡았다.

"어제 왔어. 영 매의 연락을 받고 와야 하는데 너무 보고 싶어서 어쩔 수 없이 왔어."

진무성의 말을 듣는 그녀는 안고 있는 두 팔에 더욱 힘을 주었다.

그녀의 등을 손으로 토닥거리던 진무성은 그녀의 기가 불규칙한 것을 느끼자 놀란 눈으로 그녀의 얼굴을 두 손으로 잡아 올렸다.

"영 매, 무슨 일이 있었어?"

진무성은 그녀의 얼굴에 땀을 닦은 흔적을 발견하자 놀란 눈으로 물었다.

"그게……."

그녀가 머뭇거리자 진무성은 정색을 하며 말했다.

"영 매, 우리 서로 아무것도 숨기기 않기로 한 거 잊었어?"

"죄송해요. 사실은……."

그녀는 오늘 자신이 꾸었던 꿈에 대해 말하기 시작했다.

그리고 그녀의 말을 듣는 진무성의 표정도 심각하게 굳어졌다. 그녀의 꿈이 단지 꿈이 아니란 것을 잘 알고 있기 때문이었다.

"영 매는 꿈이 의미하는 바가 무엇이라고 생각해?"

"저를 쫓던 괴물들이 점점 사람의 형체를 보이기 시작했었습니다. 그런데 오늘 괴물과 괴인이 같이 나타났습니다. 더구나 쫓는 것이 아니라 저희를 포위했습니다. 그들이 저희를 점점 옥죄고 있다는 의미인 것 같습니다."

"정말 무서웠겠다."

진무성은 그녀를 꼭 안았다.

"아니요. 상공께서 옆에서 제 손을 꼭 잡고 계셔서 전혀 무섭지 않았습니다."

"고마워! 그리고 내가 영 매에게 도움이 된다는 것이 너무 다행이다."

"저야말로 상공께 죄송하고 감사할 따름입니다."

"감사는 그렇다 치고 왜 죄송이라는 말을 해? 사랑하는 사람에게는 죄송이라는 말을 하는 거 아니야."

"저 아니었으면 그자들과 상공께서 엮일 일은 없었을 것 아니겠습니까?"

"힘에는 책임이 따른다는 말이 무엇을 의미하는지 알 것 같아. 영 매 때문에 그들과 엮이긴 했지만 영 매가 없었다 해도 결국은 그들과 난 싸울 수밖에 없었을 거야."

진무성의 말에 설화영은 감격한 표정으로 쳐다보며 말했다.

"사랑합니다. 제 목숨보다 사랑합니다."

"나도 사랑해."

어떤 어려움과 위기라 해도 둘의 진정한 사랑의 힘으로 반드시 이겨 나갈 수 있을 것이 분명했다.

진무성의 품에 안겨 행복한 미소를 지으며 눈을 감고 있던 설화영이 천천히 몸을 떼며 조심스럽게 말했다.

"그런데 꿈에 이상한 조짐이 있었습니다."

"이상한 조짐?"

진무성은 그녀의 말에 뭔가 중요한 사항이 있다는 것을 직감하고 반문했다.

6장

설화영은 꿈 내용을 다시 한번 반추하고는 천천히 입을 열었다.

"꿈에 한 번도 본 적이 없는 형상이 나타났어요.……."

"자세히 말해 봐."

설화영은 자신이 하늘에서 보았던 혈안과 혈안의 정체가 형체를 갖추어 가던 상황을 소상히 설명을 하기 시작했다.

"왜 말을 멈추는 거지?"

형체를 설명해 가던 그녀의 말이 멈추자 진무성은 의아한 듯 물었다.

"그…… 게 형체가 형성되는 것을 보기는 했지만 그것이 무엇인지를 모르겠습니다."

"그게 무슨 말이오? 영 매가 보았는데 모른다니?"

그 순간 설화영은 진무성이 옆에 있음에도 소름이 올라오는 것까지는 막을 수 없었다.

"인간의 형체를 띠기는 했어요. 그런데 뭐라 설명을 할 수는 없지만 인간이 아니었어요."

설화영의 말을 들은 진무성은 그녀가 두려워한다는 생각이 들자 다시 따뜻하게 안아 주며 입을 열었다.

"내가 있는 이상 영 매는 안전할 것이오!"

설화영의 눈이 바르르 떨렸다. 꿈 속에서 들었던 말에서 한 자도 다르지 않은 그의 말을 듣자 가슴이 북받쳐 올랐기 때문이었다.

그녀는 그의 가슴에 머리를 파묻으며 더욱 꽉 몸을 껴안았다.

'그래요…… 상공이 계신 이상 전 분명 안전할 것이라고 믿습니다. 저 역시 상공을 지키기 위해 제 모든 것을 바칠 것입니다.'

그녀의 마음이 하늘에 닿을 수 있을까……

* * *

진무성과 설화영이 만나고 있던 시각.

악양성 내의 동편에는 환락의 도시답지 않게 매우 정갈하고 조용한 주택가가 있었다.

악양의 부자들이 사는 곳이었다.

저택들이 즐비한 사이에 지어진 작은 장원, 곽청비와 곡수연이 머무는 검각의 안가였다.

장원에 나타난 사람은 백리령하와 단목환이었다.

"이 아이를 따라가십시오."

그들을 마중나온 죽검파파는 옆에 있는 젊은 여인을 가리키며 말했다.

백리령하와 단목환은 목례를 하고는 여인을 따라 안으로 들어갔다.

"송 여협, 요새 자주 봅니다."

백리령하의 호위인 검노는 죽검파파를 보자 반갑다는 듯 포권을 했다.

"며칠 전에도 봤는데 뭘 새삼스럽게."

죽검파파는 퉁명스럽게 말했다.

"하하~ 송 여협께서는 참 한결 같습니다."

지금은 노(老), 파(婆)로 불리고 있었지만 그들에게도 젊은 시절이 있었다.

그 둘은 젊을 적부터 안면은 있었지만 친한 사이는 아니었다. 아니, 친해질 기회조차 없었다.

검노가 말을 걸어도 그녀가 언제나 퉁명스럽게 대했기 때문이었다.

"한 대협께서도 변하지 않는 것은 똑같은 것 같은데요!"

그녀의 말에 검노는 미소를 지으며 말했다.

"검각이 여인의 문파인 것은 알지만 남자들을 너무 경계하도록 교육을 시키는 것 같습니다. 이제 저희도 나이가 들었으니 좀 친해져도 될 것 같은데 말입니다."

"검을 수련하는 데 방해가 될 뿐이라고 생각하는 것이지 남자들을 경계하는 것은 아닙니다."

사무적으로 답하는 죽검파파의 말에 검노는 역시! 하는 표정으로 고개를 끄덕이더니 포권을 했다.

"제가 과분히 검노라 불리고 있지만, 검에 대한 열정은 송 여협을 따르지 못하는 것 같습니다."

"기회가 되면 한 대협과 비무를 한 번 하고 싶은데 가능하겠습니까?"

고아들을 데려와 어려서부터 체계적으로 무공을 가르치는 검각과는 달리 천외천궁은 무림에서 활동을 했던 고수들을 영입하는 경우가 많았다.

하지만 검노는 천외천궁에서 자체적으로 키운 제자로서 천외천궁의 진신절예를 익힌 강자였다.

천외천궁의 검법이 대단하다는 말을 수없이 들은 그녀는 천외천궁의 검법을 한 번 경험해 보고 싶었지만 그럴 기회가 없었다.

"하하~ 송 여협의 검에 대한 열망은 여전하십니다. 이번 일이 끝나면 공주님께 부탁을 해 보겠습니다."

"감사합니다."

화기애애하게 대화를 나누던 둘은 장원 안에서 비추던 불빛이 꺼지자 약속이라도 된 듯 몸을 날렸다.

* * *

곽청비와 곡수연과 같이 앉은 백리령하와 단목환은 회의에 들어갔다.

"곽 검주가 직접 말씀드려."

"승낙을 받은 것이 분명해?"

"맞다니까."

"그럼 직접 말하지 왜 나보고 말하라고 하는데."

"우리가 공조를 하기로 약속을 했잖아. 내가 곽 검주에게 말도 하지 않고 단목 공자께 말씀드리면 되겠어?"

백리령하의 연락을 받고 따라온 단목환은 둘의 대화가 의미하는 것이 무엇인지 감이 안 오자 의아한 듯 물었다.

"제게 말하려는 것이 무엇인데 이리 신중하십니까?"

"둘이만 맨날 속닥거리며 나한테도 비밀로 하더니 그 말을 하는 건가요?"

곡수연이 먼저 둘이 무엇을 말하는 것인지 눈치를 챈 듯 말했다.

백리령하와 곽청비는 서로를 보더니 고개를 끄덕였다.

"지금부터 하는 말은 절대 우리만 알아야 하는 극비 사항이니까 두 분은 절대 비밀을 지켜 주셔야 합니다."

운을 뗀 백리령하는 곽청비를 쳐다보았다. 그러자 그녀가 속삭이듯 말했다.

"진무성, 그 사람이 창룡이에요."

순간 단목환과 곡수연의 눈이 동그래졌다. 단목환은 이미 어느 정도 눈치를 채고 있었고 곡수연도 뭔가 있다는 것을 알고는 있었지만 막상 듣고 나니 놀라운 것은 어쩔 수 없었다.

"……두 분께서는 진 공자가 창룡이란 것을 언제 아셨습니까?"

"저희도 오래되지 않았습니다."

"창룡의 정체는 지금 무림맹이나 두 분의 사문에서도 가장 최우선으로 알려고 하는 일인데 어찌 두 분만 알고 계신 것입니까?"

"맞아요. 언니! 검주로서 그런 중요한 사안을 검후께 알리지 않은 것이 얼마나 큰 죄인지 아세요?"

단목환과 곡수연이 동시에 불만을 터뜨리자 곽청비가 그럴 줄 알았다는 듯이 말했다.

"네가 그렇게 대세를 보지 못하고 촐랑대니까 내가 말을 못 한 거야. 곡 검녀는 그렇다 치고 단목 공자님께서도 저희가 말하지 못한 이유가 무엇인지 이해 못 하시나요?"

잠시 침묵이 흘렀다.

단목환과 곡수연도 사안의 중대성을 느끼고 머리를 정리할 시간이 필요했기 때문이었다.

"그런데 그 얘기를 왜 이 시각에 불러서 말해 주시는 겁니까?"

단목환의 질문에 백리령하가 답했다.

"이제 날이 밝으면 진 공자를 만나러 갈 것입니다. 단목 공자께서 먼저 알고 마음의 준비를 하시라고 전해 드리는 겁니다."

"마음의 준비라니요?"

"진 공자는 단목 공자를 만나시면 자신이 바라는 것에 대해 요구를 하실 거예요. 전 단목 공자께서 그 사람의 요구를 일언지하에 거절하는 상황이 걱정이 됩니다."

단목환의 고지식함과 진무성의 타협 없는 강단이 부딪쳤을 때 나타날 수도 있는 파열음을 걱정한 것이었다. 실지로 진무성은 자신과 곽창비에게 창룡이라는 것을 밝히며 사문에 알리지 말 것과 자신의 편을 들어야 한다는 요구를 했었다.

심지어 부탁도 아니고 언뜻 들으면 협박으로 오해할 정도로 강력하게 요구를 했었다.

그녀나 곽청비도 협박에 겁낼 성격이 아니었지만 그래도 진무성에 대한 호의를 가지고 있었기에 큰 문제 없이 합의를 봤지만 단목환은 달랐다.

"그가 창룡이라 해도 제가 그의 요구를 받아들여야 할 이유가 되지는 않습니다."

"알고 있습니다. 전 전체적인 대세를 말하는 것입니다. 그 사람이 말하기를 지금 무림은 매우 위험한 상황이라고 했어요. 그런데 무림맹과 그 사람 간에 협조가 되지 않는다면 정파에게는 불행한 일이라고 할 수 있지 않겠어요?"

단목환을 설득하는 가장 좋은 방법은 정파 전체의 대의를 강조하는 것이었다.

그때, 모두의 입이 닫혔다. 그리고 모두는 급히 벽에 몸을 붙이고는 밖의 상황을 살폈다.

아주 작은 소리였지만 분명 이곳에서 들려서는 안 될 소리가 들렸기 때문이었다.

[언니, 비명 소리 분명하지요?]

[응, 아주 작고 짧았지만 비명이 분명해.]

[곽 검주, 누군가 침입을 한 것 같다.]

그때, 그들의 얼굴색이 확 변했다. 아까보다 작았지만 또 다시 비명이 들려왔기 때문이었다.

모두는 방 밖으로 몸을 날렸다.

이미 무기를 빼든 상태였다.

그들이 나오자 검노와 죽검파파가 호위들을 데리고 그들의 앞에 나타났다.

"어쩐 일이십니까?"

검노의 말에 백리령하는 아미를 살짝 좁혔다. 밖의 경계를 서던 그들이 전혀 모르고 있었다는 것은 누군가 의도적으로 비명 소리를 그들만 듣도록 보냈다는 의미이기 때문이었다.

"경계를 서는 제자 중 없는 사람이 있는지 조사해 봐."

검노 역시 뭔가 수상한 일이 벌어졌다는 것을 깨닫고는 사방으로 전음을 보냈다. 그리고 곧 그는 검을 빼 들었다.

"공주님, 외곽을 지키는 제자들의 답이 없습니다."

단목환은 검노의 말이 끝나자마자 허공을 향해 포권을 하며 소리쳤다.

"어떤 고인(高人)이신지 모르지만 여기까지 오셨으면 모습을 나타내시는 것이 어떻겠습니까?"

[대단한 고수야. 전혀 어디에 있는지 감지가 안 돼.]

[나도 느껴지는 것이 없어. 이런 고수가 갑자기 어디서 나타난 걸까?]

백리령하와 곽청비는 매우 경악한 듯 대화를 나누었다. 그녀들의 이목을 이렇게 가까운 거리에서 숨긴다는 것은 실로 놀라운 일이기 때문이었다.

"어린 것들이 상당한 무공을 지니고 있구나."

단목환의 말 때문인지 아니면 어차피 모습을 보일 생각이었는지는 모르지만 그들의 앞에 중년인이 스르르 모습을 드러냈다.

단 한 명이었다.

지금 이곳에 있는 사람들의 면면을 알고서 이런 식으로 모습을 나타낼 수 있는 자는 천하에 거의 없었을 것이었다.

그리고 짐작대로 그는 앞에 있는 사람들이 누구인지 모르고 있었다.

"누구시기에 나타나자마자 살인을 하신 겁니까?"

"내가 누구인지는 알 필요 없고, 너!"

중년인이 가리킨 사람은 백리령하였다.

"내가 용건이었소?"

지적을 받은 백리령하는 앞으로 나섰다.

"어제 악양포구 인근의 주루에서 만났던 놈이 누구이고 지금 어디에 있는지 말한다면 이대로 돌아가겠다."

'이자가 찾는 사람이 진무성이었어?'

백리령하는 의아한 표정으로 반문했다.

"예의가 없으시구려. 뭔가를 부탁을 하러 왔으면 자신이 누구인지부터 말하고 무슨 연유로 찾는 것인지 먼저 말하는 것이 강호의 도의라고 생각하는데?"

"넌 지금 내가 부탁을 하는 것이라고 생각하느냐? 난 지금 너희들에게 살 수 있는 기회를 준 것이다. 순순히 말하면 목숨만이라고 부지할 수 있겠지만 말하지 않는다면 오늘 지옥을 맛보게 될 것이다."

"야, 이 미친놈아! 감히 우리가 누군 줄 알고……."

"수연아, 피해!"

분을 못참고 욕을 날리던 곡수연은 말을 끝맺지 못하고 검을 들었다. 그리고 위기를 감지한 곽청비가 그녀의 옆으로 몸을 날려 검을 휘둘렀다.

펑!

장풍은 곡수연에게 날아갔지만 서 있는 사람들의 옷이 모두 펄럭일 정도로 강력했다.

"이, 이놈이!"

뒤로 다섯 발자국이나 물러선 곡수연은 상대의 공격에 물러났다는 것에 치욕을 느낀 듯 얼굴이 발개지며 소리를 쳤다. 하지만 곧 그녀의 얼굴색은 하얗게 파리해졌다.

단 일장으로 내상을 입은 것이었다. 그것도 곽청비가 날아오는 장풍의 허리를 잘라 버린 덕분에 그 정도로 그친 것이었다.

단목환과 백리령하는 중년인의 무공이 큰 소리를 칠 만하다고 느꼈다. 그의 내공은 여기 있는 누구보다도 강한 것이 분명했다.

'저자가 도대체 누구이기에……?'

회심의 미소를 짓고 서 있는 중년인을 자세히 주시하던 백리령하의 머리에 갑자기 한 생각이 스쳐 지나갔다.

"대무신가 놈들은 모두 네놈 같이 치사하냐? 나이도 어린 여인에게 암습이나 하다니 스스로 생각해도 창피하단 생각은 안 드느냐 말이다!"

그녀는 분노한 듯 외쳤지만 질문에는 함정이 있었다.

"어린 계집이 감히 본 종에게 욕을 했으니 벌을 받아 마땅하다. 그런데 제법이구나! 본 종이 대무신가에서 나온 것은 어찌 알았느냐?"

 백리령하의 질문의 핵심은 바로 그의 정체를 알기 위한 것이었다. 그리고 중년인은 그대로 낚였다. 스스로 대무신가에서 나왔음을 자인했기 때문이었다.

 그리고 그녀와 곽청비는 진무성의 말이 사실임을 확신할 수 있었다.

 '무림의 우환이 진짜 대무신가였어…… 도대체 대무신가는 어떤 조직인거지?'

 "대무신가가 무림에 혈겁을 일으키려고 한다는 것 정도는 이미 우리도 눈치채고 있었다."

 "그럴 리가 없는데? 너희 따위가 감히 하늘 같으신 가주님의 생각을 어찌 짐작한다는 말이냐!"

 중년인은 검노와 죽검파파 등이 그를 포위하는 것을 보면서도 너무도 태연했다. 여기 있는 모두를 혼자 상대해도 이길 수 있다는 자신감이었다.

 '스스로 본 종이라고 했어. 더구나 저런 고수가 하늘 같은 가주라고 할 정도라면…….'

 덕분에 백리령하만이 아니라 단목환과 곽청비도 대무신가에 대한 생각이 달라지고 있었다.

 "본 종이라고 스스로 호칭을 하던데 너의 정체가 뭐냐?"

백리령하의 이어진 질문에 중년인은 비웃 듯, 피식! 웃더니 백리령하를 보며 반문했다.

"나에 대해서는 알 것 없다. 너는 주루에서 만난 그 젊은 놈이 누구인지만 말하면 된다."

"그 사람에 대해서 알려는 이유가 뭐냐?"

"너희는 물을 자격이 없다. 대답만 해라!"

"진짜 오만하기 짝이 없구나."

오만함으로는 둘째 가라면 서운할 정도인 곽청비가 검에 내공을 주입하며 소리쳤다.

"너는 필요 없다!"

중년인은 장을 휙 뿌렸다.

그러자 그의 장심에서 혈강이 곽청비를 향해 뿜어졌다.

무림 역사적으로도 검강이나 도강을 펼치는 초절정 고수들은 많았지만 장강(掌罡)을 뿜어내는 고수는 거의 없었다. 그만큼 장강을 만드는 것이 어렵기 때문이었다.

하지만 곽청비와 곡수연의 무공은 차원이 달랐다.

곡수연 역시 초절정의 검공을 익힌 고수였지만 곽청비는 검각의 다음대 주인이 될 사람이었다.

펑!

장강과 검강의 충돌은 커다란 충격파를 만들어 냈다.

단 한 번의 격돌이었지만 곽청비는 곡수연이 왜 한 번의 충돌에 내상을 입었는지를 알 수 있었다.

하지만 더욱 놀란 것은 중년인이었다.

"천추검후? 검각의 졸개로구나!"

천추검후는 검각을 만든 무림 역사상 가장 강한 여인이었다.

"너야말로 마교의 잔당이었구나!"

곽청비의 외침에 백리령하가 단목환에게 전음을 보내고는 공격에 합세했다.

[단목 공자! 강호의 도의 같은 것은 생각마시고 대의를 생각하여 즉시 공격하세요.]

잠시 머뭇거리던 단목환은 대의라는 말만 생각하기로 하고 공격에 가세했다.

천외천궁의 공주와 검각의 검주 그리고 천하제일 후기지수로 불리는 단목환의 합공을 받아 낼 고수가 천하에 몇 명이나 있을까……

* * *

"내가 아침을 안 먹는 걸 알면서 굳이 힘들게 준비를 하고 그래?"

진무성의 품 안에서 오랜만에 편하게 잔 설화영은 잠에서 깨자마자 자신이 직접 아침 식사를 요리해서 가지고 왔다.

"상공께 따듯한 식사를 대접하고 싶은 마음으로 요리를 했습니다. 전혀 힘들지 않습니다."

그녀의 정성과 사랑을 느낀 진무성은 미소를 지으며 식사를 시작했다.

"그런데, 요즘 계속 배에서 생활하는 데 힘들지 않아?"

진무성이 계속 자신이 힘들 것만을 염려하자 그녀는 행복한 미소를 지으며 답했다.

"동정호는 거의 한 성의 크기와 맞먹습니다. 그리고 배는 계속 움직이고 있으니 적이 제 위치를 특정하지 못하는 장점이 있습니다. 그리고……."

설화영은 잠시 부끄러운 듯 미소를 짓더니 다시 말을 이었다.

"상공이 어디에 계시던 보고 싶으면 즉시 찾아갈 수 있는 좋은 점이 있답니다."

그녀는 진무성이 태호산에 갔을 때는 그곳에서 가장 가까운 포구에 배를 정박했었고 사천에 갔을 때도 장강을 거슬러 올라가 최대한 진무성과 가까운 장소까지 따라갔었다.

매일 보지는 못하지만 최대한 가까이 있고자 하는 그녀의 마음 때문이었다.

"미안하오. 내가 영 매를 곁에 두고 보호해 줘야 하는데 아직은 때가 아닌 것 같아."

지금 그를 노리는 자들도 많고 할 일은 더 많았다. 그녀와 같이 있고 싶은 마음은 굴뚝같았지만 현실적으로 무공도 모르는 그녀를 데리고 다니기에는 위험이 너무 컸다.

"알고 있습니다."

그때, 밖에서 초선의 목소리가 들려왔다.

"아가씨, 총관 나리께 급보가 왔습니다."

"들어오거라!"

"예."

안으로 들어온 초선은 진무성에게 공손히 허리를 숙이고는 쪽지 하나를 설화영에게 건넸다.

"상공, 아무래도 이만 가 보셔야 할 것 같습니다."

쪽지를 읽은 그녀는 진무성에게 쪽지를 건네며 말했다.

쪽지 안에는 매우 작은 글씨로 꽤 많은 글자가 적혀 있었다. 그리고 쪽지를 다 읽은 진무성의 표정이 굳어졌다.

"이 보고가 사실이라면 대무신가야말로 정녕 무서운

세력이 아니겠나?"

"저도 갈수록 대무신가에 대해 의구심이 듭니다. 그들이 현무신년궁을 멸문시켰을 때, 저는 같은 점쟁이 조직끼리 경쟁자를 없앴다고 생각했었습니다. 하지만 근래에는 그게 아닐지 모른다는 생각이 들기 시작했습니다."

"어떤 점에서 그런 의구심을 가졌는지 말해 주겠어?"

"처음에는 미처 생각을 못했어요. 하지만 곰곰이 생각해 보니까 그들이 제가 어디에 숨건 기어이 찾아내는 것이 놀랍다는 생각이 들었어요. 천기로 알아내는 것은 한계가 있어요. 상당히 넓은 지역만 특정할 수 있거든요. 다른 무림 세력에게 걸리지 않으면서 특정 지역을 샅샅이 뒤지려면 대단한 조직망이 갖추어지지 않고는 불가능하지 않겠습니까? 게다가 전 북육성 남칠성을 모두 돌다시피 했습니다."

"나도 그런 생각을 하긴 했어. 그자들은 심지어 황실까지 잠식했더라고."

"맞아요. 더욱이 한 세력이 가지고 있기에는 너무 과한 고수들이 있습니다. 그런 고수 한 명을 키우려면 수십 년이 걸립니다. 돈도 엄청 들겁니다. 그런데 그런 고수들을 그렇게 많이 데리고 있다는 것은 그들이 최소한 백 년 이상 준비를 했다는 것인데 누가 있어 그렇게 긴 시간을 준비할 수 있었을까요?"

아무리 무림 고수라 해도 백 살 이상 사는 사람은 극소수였다. 그런데 준비를 백 년 이상 한다?

"대무신가에 우리가 모르는 뭔가가 있는 것이 분명한 것 같아. 그리고 그것이 무엇인지를 찾으려면 대무신가가 어디에 있는지를 찾는 것이 급선무라고 생각해."

"그래서 구양 총수께서 상단들의 돈 흐름을 계속 조사하고 계세요. 얼마전 유의미한 움직임을 발견하셨다고 하니 조만간 뭔가 잡힐 것 같습니다."

조직이 커지면 커질수록 들어가는 비용은 기하급수적으로 늘게 되어 있었다. 대무신가가 이런 세력을 유지하려면 분명 돈이 들어오는 창구가 있어야 했다.

설화영은 그것을 찾기 위해 이미 조사를 시작한 터였다.

"그래 그쪽은 영 매가 좀 맡아 줘. 그러나 위험하다 싶으면 당장 손을 떼고 내게 말해야 돼. 알았지?"

"예, 그리하겠습니다."

"그럼 난 이만 가 봐야겠다."

진무성은 그녀의 손을 꽉 한 번 잡아 주더니 스르르 사라져 버렸다.

그녀는 급히 창가로 달려갔지만 진무성의 모습은 이미

보이지 않았다.

'휴우~ 식사도 다 끝내지 못하시고 가셨네.'

아직 남아 있는 밥상을 보며 작게 탄식하는 설화영을 보며 초선이 자신이 눈치없이 빨리 들어온 것에 자책감을 느낀 듯 고개를 숙였다.

　　　　　　* 　* 　*

검각의 안가.

수십 명의 무림인들이 무기까지 든 체로 장원을 둘러싸고 있었다.

새벽의 충돌 여파로 장원 안은 어수선했다. 사방에 부서진 석상과 산산조각 난 나무의 파편 거기다 연무장으로 사용하는 대리석 바닥까지 성한 곳이 없었다.

그러나 부서진 장원보다 문제는 사상자였다. 다섯 명이 넘는 검각과 천외천궁의 제자들이 죽었고 열 명에 가까운 제자들은 심한 상처를 입고 치료를 받고 있었다.

장원 안 정청에서는 단목환과 백리령하 그리고 곽청비 등 중년인과 싸웠던 세 명은 물론 당영과 독행개, 제갈장천을 비롯한 제갈세가의 인물까지 열 명이 넘는 인물들이 앉아 있었다.

곡수연은 내상을 치료하기 위해 자리에 없었고 백리령 하를 비롯해 중년인을 합고했던 세 명은 아직도 격돌의 여파인지 심각한 표정으로 생각에 잠겨 있었다.

중년인은 한창 싸움이 격렬해질 즈음 갑자기 몸을 날려 도망을 쳤다.

싸움이 났다는 것을 전해 들은 무림맹의 무뢰단과 제갈세가의 제자들이 몰려 왔기 때문이었다.

세 명은 중년인과 단독으로 부딪쳤다면 이길 수 없었을 것이라고 생각했을 정도로 중년인의 무공은 대단했었다.

방에 자리를 잡자 당영이 단목환을 보며 물었다.

"단목 공자, 우선 지금 상황에 대해 설명을 해 주겠나?"

단목환은 마음을 안정시키려는 듯 잠시 심호흡을 하더니 입을 열었다.

"이분은 검각의 검주이신 곽청비 여협이십니다."

검각의 검주라는 말을 들은 모두는 깜짝 놀라 급히 몸을 일으키며 포권을 했다.

"검각의 검주께서 계신 줄은 몰랐습니다."

"아닙니다. 제가 먼저 찾아 뵙고 인사를 했어야 했는데 죄송합니다."

"그리고 이분은 천외천궁에서 나오신 분입니다. 아직

정체를 밝시고 싶지 않으시다니 이해해 주십시오."

모두는 백리령하에게도 포권을 했다.

"천외천궁까지 이곳에 온 것을 보니 뭔가 심상치 않은 일이 벌어지고 있는 것은 분명하겠구려?"

"본 궁이나 검각에서는 잘못된 정보이기를 바랐습니다. 하지만 불행히도 저희들의 판단이 맞은 듯 해서 걱정입니다."

알아들었다는 듯 고개를 끄덕인 당영은 단목환을 보며 다시 물었다.

"단목 공자 어제 싸움에 대해 소상히 말해 줄 수 있겠나?"

단목환은 백리령하와 곽청비를 번갈아 보았다. 그리고 그녀들의 눈에서 승낙을 감지하고 굳은 표정으로 설명을 시작했다.

"저희가 대화를 나누고 있을 때였습니다.······."

단목환의 설명을 듣는 모두의 표정이 굳어졌다.

장원이 왜 그렇게 많이 부서졌는지 알 수 있었기 때문이었다.

"그자를 추포할 수는 없었나?"

그때 곽청비가 끼어들었다.

"그자는 마교의 무공을 사용했습니다."

"분명 마교의 무공이었습니까?"

당영의 반문에 그녀는 굳은 얼굴로 답했다.

"검각에는 마교의 무공에 대해 설명한 서책이 전해지고 있습니다. 그자가 사용한 수법이 여럿 있었지만 그중 하나는 분명 마교의 건곤수라마장이었습니다."

짐시 침묵이 흐른 후, 제갈장청이 입을 열었다.

"검주께서는 그 말씀이 얼마나 무림에 충격을 줄 수 있는 발언인지 아십니까?"

"저도 잘 압니다. 하지만 맞는 것을 아니라고 할 수는 없는 것 아니겠습니까?"

"건곤수라마장은 마교의 구마종 중 장마종의 무공입니다. 이미 사라져 버린 것으로 알려진 구마종의 무공이 다시 나타났다는 것이 세상에 알려지면 천하는 큰 혼란에 빠질 것입니다."

천하를 시산혈해 속에 빠뜨렸고 지금까지도 공포의 전설로 사람들의 입에 오르내리는 고금 최대의 마인들인 구마종의 재현은 또다시 천하에 당시의 공포를 불러오는 악재였다.

"그자는 자신이 대무신가에서 나왔음을 밝혔고 스스로 본 종이라고 호칭을 했습니다. 만약 그자가 구마종의 후예라면 본 종이라고 호칭을 한 이유가 드러나는 것 아니겠습니까?"

 백리령하의 말에 모두의 표정은 더욱 굳어졌다.

 동시에 싸한 기운이 방 안 전체를 휘감았다.

 당영이 검미를 찌푸리며 조심스럽게 물었다.

 "그럼 소협은 대무신가와 마교간에 큰 연관이 있다고 보시는 겁니까?"

 "연관 정도가 아니라 대무신가가 마교일 수도 있다는 생각을 했습니다."

 "증거 없이 마교라 단정하는 것은 정파에서 금물이란 것을 모르십니까?"

 증거 없이 마교라는 누명을 씌워 적대 문파를 제거하려는 사례가 많이 나오면서 무림에는 명확한 증거 없이 마교라고 주장하면 오히려 배척하는 암묵적인 불문율이 생겼다.

 "무공의 흔적 정도로는 안 된다는 것을 압니다. 그래서 이제부터 검각은 대무신가의 정체를 밝히는 데 총력을 기할 생각입니다. 단목 공자께도 말씀드렸지만 무림맹에서도 도움을 주셔야 할 것 같습니다."

 "지금 대무신가는 제황병을 노리는 많은 무림인들에게 추적을 당하고 있습니다. 만약 무림맹이 그들을 추적한다면 무림맹도 제황병을 쫓는다고 소문이 날 것입니다.

그럼 정파에서 자신들에게는 쫓지 말라고 하고 무림맹은 쫓는다며 제황병을 무림맹에서 독식하려고 한다고 오해할 확률이 농후합니다. 게다가 동창에서도 대무신가를 역적으로 공표하고 행방을 찾고 있습니다. 잘못하면 동창과 충돌이 일어날 수도 있습니다."

"어떤 일이 벌어질지를 걱정하여 자중하고 있기엔, 저들의 위협이 바로 코앞입니다."

곽청비의 말에 청 안은 다시 침묵에 빠졌다. 단목환과 검각의 검주의 합공을 혼자 견뎌 낸 중년인의 존재는 당영을 비롯해 단목환의 무공에 대해 잘 아는 사람들을 놀라게 하기에 충분했다. 만약 백리령하가 천외천궁의 공주라는 것까지 알게 된다면 놀라움은 경악으로 변할 것이 분명했다.

침묵을 깬 것은 단목환이었다.

"이번 사안은 제가 직접 무림맹에 가서 보고를 드리고 허락을 받겠습니다."

단목환의 말은 대무신가를 추적해야 한다는 것에 찬성한다는 의미였다.

그때, 밖에서 무뢰단 대주 오윤호의 목소리가 들려왔다.

"단주님, 손님이 모두 뵙기를 청하고 있습니다."

6장 〈163〉

그의 목소리는 매우 당황한 듯 떨리기까지 했다.

"손님? 지금 이곳에 어떤 손님이 왔다는 것이냐?"

당영의 목소리에는 지금 상황을 아는 대주가 무슨 손님을 받느냐는 질책이 담겨 있었다.

"그, 그게……."

"들어와라."

목소리에서 심각함을 느낀 당영이 들어오라 명하자 곧 문이 열리고 오윤호가 안으로 들어왔다.

그리고 그의 표정을 본 모두는 보통 손님이 아님을 직감적으로 판단했다.

"손님이 누구라고 하더냐?"

"차, 창룡이라고 밝혔습니다."

순간 모두는 자신도 모르게 자리에서 일어섰다.

"정말 창룡이라고 했느냐?"

당영의 반문에 오윤호는 허리를 숙이며 답했다.

"제가 창룡을 보지 못하여 진짜인지 아닌지는 모르겠습니다. 하지만 풍기는 기세가 분명 평범하지 않았습니다."

당영은 모두를 한 번 보았다. 그리고 모두가 고개를 끄덕이자 오윤호에게 말했다.

"공손하게 모셔 와라."

"알겠습니다."

오윤호가 나가자 모두는 다시 자리에 앉았다. 모두의 표정은 미묘하게 달랐다. 백리령하나 곽청비는 의아한 표정이었고 단목환은 의외라는 표정이었다.

진무성을 만난 적 있던 제갈장청은 드디어 그가 진면목을 내보이기로 결정을 했다고 생각하자 마음이 편해지고 있었다.

진무성과 혈맹의 약조를 계속 비밀로 하는 것은 제갈세가에게도 부담이 되고 있었기 때문이었다.

독행개 역시 긴장한 표정이 역력했다. 이미 개방 총단으로부터 창룡에게 절대 대적하지 말고 우호적인 소문을 퍼뜨리라는 명을 받았던 그였다.

명을 받을 당시 그는 굉장히 의아해했었다. 하지만 창룡의 명성이 하늘 모르게 치솟는 것을 보며 총단의 결정에 고개를 끄덕였었다.

잠시 후, 오윤호가 누군가를 안내하며 다가오는 기척을 느낀 자들 중, 진무성을 모르는 자들의 얼굴에는 또다시 의아한 표정이 나타났다.

그들 정도의 고수들이라면 기척을 느낀 즉시 상대가 고수인지 아닌지 정도는 쉽게 알아낼 수 있었다.

진무성처럼 기를 느껴 상대의 무공 수준을 감지하지는 못하지만 다가오는 발자국 소리와 움직임 그리고 어느 정도 왔을 때 느낄 수 있는지를 보아서였다.

그런데 창룡이란 자는 오윤호보다 먼저 다가오는 것을 느낄 수 있을 정도였다.

도대체 누굴까……?

모두가 눈을 문 쪽에 주시하고 있었다. 그리고 드디어 오윤호의 목소리와 함께 문이 열렸다.

"모셔 왔습니다."

그리고 그의 뒤를 따라 들어온 한 청년.

모두는 자리에서 일어났다. 진무성을 본 순간 저절로 몸을 일으킨 것이었다.

'또 달라졌어…….'

백리령하는 진무성의 몸에서 풍기는 기가 예전과 달라진 것을 느끼고 고개를 살레살레 저었다.

처음 그에게 관심을 가진 것은 단지 첫눈에 반해서였다. 그러나 만나면 만날수록 이해할 수 없는 신비로움을 느끼기 시작했다. 그리고 지금은 그녀조차도 감탄이 나올 정도로 온몸 전체에서 위엄이 나타나고 있었다.

모두가 자리에서 일어난 이유였다.

"처음 뵙겠습니다. 진무성이라고 합니다."

진무성이 포권을 하며 인사를 하자 단목환이 맞권을 하며 물었다.

"진 대협께서 창룡이시라니 정말 놀랐습니다."

그의 말에 당영을 비롯한 여럿이 단목환을 쳐다보았다.

"단목 공자께서 이분을 알고 계셨습니까?"

"예, 인사를 했던 적이 있습니다. 그런데 창룡이라고 하시니 좀 당황스럽습니다."

"단목 공자께는 조만간 말씀드릴 예정이었습니다. 그런데 그 시기가 좀 빨라진 것 같습니다."

"우선 앉으시지요."

당영의 말에 모두는 자리에 앉았다. 모두의 시선은 진무성에 향해 있었다.

"진 형, 자신의 정체를 그렇게 숨기시더니 왜 갑자기 마음이 변하신겁니까?"

백리령하의 질문에 모두의 시선이 그녀에게 향했다. 천하의 창룡에게 형이라고 칭했으니 놀라지 않을 수 없었다.

"대무신가에서 드디어 본모습을 보이기 시작했으니 저도 더 이상 숨길 필요가 없다고 생각했습니다."

"대무신가에 대해 알고 계신다는 말입니까?"

"그들은 정말 교활한 자들입니다. 수십 년 어쩌면 그보다 더 오랜 시간 천하를 속여 왔습니다. 그들은 누군가 그들의 정체를 눈치챘다고 판단되면 은밀하게 암살을 하면서 정체를 숨겨 왔습니다. 그러니 제가 정체를 숨길 수밖에 없었습니다."

"진 대협께서는 대무신가와 마교 간에 연관이 있다고 보십니까?"

단목환의 질문에 진무성은 그를 지그시 보며 물었다.

"단목 공자께서는 그들이 마교와 연관이 있어야만 단죄를 하실 생각이십니까? 전 그들이 노리는 것이 무림인은 물론 양민들까지도 크게 피해를 입을 수 있는 일이라고 판단하고 있습니다. 전 마교이건 아니건 그들을 공적으로 지정하고 대대적으로 공격을 해야 피해를 최소화할 수 있다고 봅니다."

말을 마친 진무성은 백리령하와 곽청비를 시작으로 모두의 눈을 훑어 갔다.

독행개를 비롯하여 제갈장청과 제갈태운 그리고 당영까지 모두 진무성과 혈맹의 약조를 맺은 문파들이 전부였다. 그리고 그와 눈이 마주친 사람들의 입이 천천히 벌어졌다.

"제갈세가에서는 진 대협의 말이 맞다고 봅니다. 대무신가를 공적으로 지정해야 함을 무림맹에 전하는 것이 필요하다고 생각합니다."

배분이 가장 높은 제갈장청의 의견이 나오자 독행개 역시 기다렸다는 듯이 동조를 했다.

"저도 본 방의 총단에 대무신가에 대해 강력한 조치를 취하는 것이 마땅하다는 보고를 하겠습니다."

'이…… 것 봐라? 이 사람 언제 제갈세가와 개방을 자신의 편으로 끌어들였지?'

백리령하는 제갈장청과 독행개의 말을 듣자마자 그들과 진무성 간에 뭔가가 있다는 것을 직감했다. 제갈장청이나 독행개의 지위로 이런 결정을 바로 하기 어렵기 때문이었다.

그러나 이어진 당영의 말에 그녀는 더욱 놀라고 말았다.

"단목 공자, 진 대협의 말을 들어 보니 설득력이 있는 것 같다. 대무신가를 공적으로 지정하는 문제에 대해 맹주님께 제안해 보는 것을 권하고 싶구나."

'이 사람, 당가까지 자기 편으로 만들었어?'

사천까지 따라갔었지만 그 이유는 아직 모르고 있었다. 그런데 방금까지 신중을 강조하던 당영이 빠르게 태세 전환을 하는 것을 보자 절로 감탄이 날 수밖에 없었다.

그녀는 감탄을 떠나 무섭다는 생각이 들 정도였다. 그

녀 못지않게 어리둥절할 정도로 놀란 사람은 단목환도 마찬가지였다.

백리령하와 곽청비는 이미 진무성의 편이라는 생각을 했었다. 그런데 청 안에 있는 모두가 진무성의 편이고 자신만이 혼자라는 생각이 들 정도였다.

단목환까지 입을 열지 못하자 진무성이 물었다.

"제가 이곳에 직접 온 것은 어제 이곳에서 벌어졌다는 싸움에 대해 자세히 알고 싶어서입니다. 말씀해 주실 수 있겠습니까?"

"제가 설명해 드리겠습니다."

진무성과의 대화를 노리던 곽청비가 기회를 잡은 듯 끼어들었다.

"곽 검주님께서 수고해 주신다니 감사할 따름입니다. 경청하겠습니다."

진무성의 말에 미소를 지은 곽청비는 새벽에 있었던 상황을 자세히 전하기 시작했다.

"건곤수라마장?"

설명을 듣던 진무성의 입에서 그자가 사용한 장의 이름이 터져 나왔다. 곽청비가 짐작했던 그 이름이었다.

"마교의 무공에 대해 잘 아십니까?"

곽청비는 의아한 표정으로 반문했다. 말로 설명을 듣고

정확하게 건곤수라마장이라 특정한다는 것은 그가 그 수법에 대해 아주 잘 알고 있어야 가능했기 때문이었다.

진무성은 실수했다는 것을 직감했지만 아무렇지 않다는 듯 답했다.

"제가 상당히 많은 무공을 알고 있습니다. 건곤수라마장은 천년마교의 구마종 중 한 명이 장마종의 진신절기라고 들었습니다. 그자가 스스로 대무신가에서 나온 것을 자인했다면 그들과 마교 사이에 저희가 모르는 연관이 있을 수 있다는 단목 공자의 추측이 맞을지도 모른다는 생각이 듭니다."

"진 대협께서 대무신가를 그렇게 위험하다고 판단하신 이유가 있으십니까?"

단목환은 우선 궁금증부터 풀어야겠다고 생각한 듯 가장 중요한 질문을 했다.

순간 진무성의 몸에서 강력한 살기가 뿜어져 나왔다. 그리고 그 살기를 맞은 모두의 표정이 확 변했다.

단지 살기를 일으켰을 뿐인데 초절정 고수인 그들의 숨이 확 막혀 버릴 것 같은 압박을 느꼈기 때문이었다.

대무신가를 생각만 해도 화가 나는 것은 사실이었다. 하지만 굳이 지금 살기를 뿜어낸 것은 적당한 순간에 적절하게 자신의 무서움을 모두에게 알리기 위함이기도 했다.

"제가 개인적인 복수를 하기 위해 흑도들을 추적하는 중에 이상한 세력이 숨어서 온갖 나쁜 짓을 하는 것을 알게 됐습니다. 그래서 그들에 대해 알아보던 중, 그들이 혈사련이나 암흑무림 같은 사파들보다 더 위험하다고 판단을 했습니다."

한 마디로 직접 부딪치면서 알아냈다는 의미였다.

"혹시 무림맹에 방문을 해 주실 의향은 없으십니까?"

"제가 지금 창방을 준비하고 있습니다. 지금 마무리 단계이니 창방식을 한 후 정식으로 인사를 하러 가겠습니다."

창방이라니……

"진 대협께서 문파를 세우신다는 말이십니까?"

당영이 놀란 듯 물었다.

"대무신가를 상대하면서 느낀 것이 혼자는 좀 벅차다는 것이었습니다. 그래서 저도 세력을 가져야겠다는 판단을 했습니다."

창룡이 문파를 세우겠다는 소식이 전해진다면 무림은 또 한 번 격동할 것이 분명했다.

7장

"그럼 언제쯤 창방을 하실 예정이십니까?"

백리령하는 조심스럽게 다시 물었다.

"오래 걸리지는 않을 것 같습니다."

"진 형, 창룡이 문파를 세웠다고 하면 무림에 어떤 반향이 일어날지는 생각해 보셨습니까?"

"우선 혈사련과 암흑무림에서 저를 죽이러 오지 않을까요?"

너무 태연한 그의 말에 주위에서 듣는 사람들이 오히려 어리둥절할 정도였다.

"혈사련과 암흑무림만 노리겠습니까?"

"당연히 대무신가 역시 저를 노리겠지요."

"그걸 아시면서 대놓고 문파를 세운다는 겁니까?"

"그들을 쫓아다니면서 죽이는 것에는 한계가 있더군요. 제가 문파를 세우면 그런 수고를 덜 수 있을 것 같더군요."

"지금 진 형 스스로가 미끼가 되어 그들을 끌어들일 생각이란 말입니까?"

"백리 형도 싸워 보셨으니 아시겠지만 그들은 세력도 크지만 고수들도 많습니다. 그래서 전 그들의 본거지를 찾아내 전부를 상대하는 것은 큰 희생을 감수해야 한다고 판단했습니다. 하지만 그들이 저를 찾아와 기습을 한다면 상대하기가 좀 수월하지 않겠습니까?"

"진 형, 지금 진 형께서는 천하에서 가장 위험한 세력 세 곳을 모두 적으로 둔 상황입니다. 그런데 그들을 끌어들이는 미끼가 된다는 것이 얼마나 위험한 계획인지는 아십니까?"

"압니다. 하지만 다행히 그들은 저를 죽이려고 하니 유인하는 것이 가장 쉬운 방법이라고 봅니다."

진무성의 계획을 들은 모두는 어이없다는 표정이 역력했다. 특히 새벽에 중년인과 결투를 했던 단목환을 비롯한 백리령하와 곽청비는 그가 이렇게까지 위험을 감수하려는 이유를 알 수가 없었다.

"진 형께서 이러시는 이유는 모르겠지만 잘못하면 진 형을 믿고 문파에 합류한 구성원들을 모두 죽음으로 이끌 수도 있다는 것은 생각해 보셨습니까?"

그녀의 말대로 진무성의 계획은 자신만이 아니라 그를 믿고 따르는 많은 사람들의 목숨까지 위험하게 할 무모한 계획임은 분명했다.

"그런 일은 만들지 말아야지요. 전 제 적은 용서하지 않지만 제 편은 목숨을 걸고 보호합니다. 제가 만든 문파에 저를 믿고 들어온 사람들이 제 잘못으로 피해를 입는 일은 없을 겁니다."

단호한 진무성의 말에 모두의 얼굴에 희색이 나타났다. 대부분이 이미 진무성과 혈맹을 맺은 그들에게 그의 단언은 매우 희소식일 수밖에 없었기 때문이었다.

단목환은 창룡을 만나면 물어볼 말이 상당히 많았다. 하지만 막상 만나고 보니 쉽게 묻기가 어려웠다. 무엇을 묻든 심문에 가까운 질문이었기 때문이었다.

진무성은 잠시 모두를 보더니 다시 말했다.

"제가 오늘 갑자기 이곳에 온 것은 새벽에 나타났던 자가 저에 대해 물었다는 말을 들어서입니다."

"그것은 또 어떻게 아셨습니까?"

단목환이 놀란 듯 물었다.

"글쎄요? 저도 제게 전해 주신 분이 그것을 어떻게 알았는지 모르겠습니다. 하지만 지금 그것이 중요한 사안은 아니라고 생각합니다."

"그럼 오신 이유를 말씀해 보시지요."

얘기가 다른 곳으로 새는 것 같자 곽청비가 다시 물었다.

"이제부터 저의 위치를 여러분과 공유하고자 합니다."

"그게 무슨?"

"누군가 저를 찾을 경우 그냥 알려 주라는 말입니다."

"그게 무슨 말입니까?"

백리령하는 어불성설이라는 듯 반문했다.

"원래, 제 계획은 제황병을 가지고 도망을 하는 놈들을 추적해 대무신가의 본거지를 찾아내는 것이었습니다. 그래서 찾아낸 곳이 귀가였습니다. 그런데 귀가 역시 그들의 하부 조직에 불과하더군요. 놀라운 것은 일개 하부조직임에도 엄청 강력한 전력을 가지고 있었습니다. 그래서 그들을 유인하기로 계획을 바꾼 것입니다."

"그게 진 형의 위치를 적에게 알려 주라는 이유입니까?"

진무성은 백리령하를 약간 의아한 표정으로 쳐다보았다. 자신의 계획에 반대를 하는 것이 아니라 자신의 신변을 걱정해서 하는 말이라는 것을 느꼈기 때문이었다.

"그럼 백리 형께서 더 좋은 방법이 있으십니까?"

"방법의 문제가 모든 위험을 진 형이 감당하려고 하는 것이 잘못되었다는 것입니다. 천외천궁은 무림의 위기가 생기면 그것을 돕기 위해 결성된 문파입니다. 전 진 형께서 본 궁과 협의를 해야 한다고 봅니다."

그녀의 말에 곽청비도 끼어들었다.

"검각 역시 무림에 혈겁의 조짐이 보인다면 그것을 막아야 할 의무가 있습니다. 진 형께서 왜 그렇게까지 하는지 자신을 희생하려고 하시는지는 모르겠지만 이 일은 혼자 하실 수 없습니다."

백리령하와 곽청비의 말은 한 마디로 자신들과 같이 하자는 의미였다. 그리고 그들의 말은 보고 있던 모두를 놀라게 하기에 충분했다.

정파에게 존경을 받는 천외천궁과 검각이 대놓고 진무성을 인정하는 모습을 보인 순간이었기 때문이었다.

그것은 진무성의 영향력이 또다시 커졌다는 의미이기도 했다.

진무성은 포권을 하며 말했다.

"두 분께서 그렇게 말씀을 해 주시니 감사합니다. 혈사련이나 암흑무림은 물론 대무신가 역시 제게는 개인적으로 원수입니다. 그러니 제가 좀 더 공격적으로 그들을 대할 수밖에 없습니다. 전 천외천궁과 검각은 물론 무림맹

과도 협조를 할 것입니다. 다만 정파라는 이름으로 행동을 할 수는 없습니다."

뜻밖의 선언에 모두의 표정이 굳어졌다.

천외천궁과 검각이 돕겠다고까지 한 마당에 정파라는 이름으로 행동할 수 없다는 그의 말은 찬물을 끼얹는 것과 다름이 없었기 때문이었다. 하지만 곧이어 이어진 부언에 감탄의 눈으로 변했다.

"정파는 사람들에게 정의와 협을 수호하는 최후의 보루로 불립니다. 또한 혈겁을 막는 사람들이라는 인식도 강하지요. 그러나 전 악한 자들을 용서할 생각이 없습니다. 제 손에 수많은 사람들이 죽을 것이 분명한데 제가 정파라고 한다면 정파의 명성에 누가 될 것입니다."

진무성의 말에 단목환의 눈이 살짝 흔들렸다. 그가 창룡에 대해 안 좋은 감정을 가졌던 핵심이 그의 과도한 살상이었다. 그런데 그 대답을 들은 것이었다.

그리고 그것은 진무성을 지금까지와는 다른 의미로 모두에게 각인시키기에 충분했다.

* * *

"초인님, 이게 어떻게 된 겁니까?"

도착한 중년인의 얼굴이 창백하고 입가에 피까지 보이자 순행사자는 깜짝놀라 물었다.

그에게 상처를 입힐 수 있는 자가 악양에 있다는 것이 믿어지지 않는다는 표정이었다.

"호들갑 떨지 마라."

순행사자의 입을 막은 그는 자신의 자리에 앉았다. 그리고 눈을 감은 체, 잠시 운기조식을 한 그는 눈을 뜨자 순행사자를 보며 물었다.

"검각의 고수가 악양에 들어왔다는 것을 알고 있었느냐?"

"검각에서 말입니까? 보고 받은 것은 없었습니다."

"검각만이 아니었다. 대단한 연놈이 더 있었다."

중년인의 표정은 매우 안 좋았다. 자신이 비록 합공이었지만 상당히 밀렸고 심지어 상처까지 입고 도망을 쳤다는 것에 자존심에 큰 상처를 받은 것이다.

"수하들을 부를까요?"

"지금 내가 왜 이곳에 왔는지를 잊은 것이냐?"

"죄송합니다."

중년인의 임무는 창룡을 찾아 죽이는 것이었다. 사공무경이 그를 혼자 보냈다는 것은 그만큼 그의 무공이 강하다는 반증이었다.

실지로 그는 무림 십대고수와 싸워도 절대지지 않을 자신이 있었다. 그가 홀로 백리령하를 찾아간 것도 그만큼 자신의 무공에 대해 자신이 있었기 때문이었다.

"내가 싸우는 동안 무림맹놈들과 개방의 거지들이 몰려왔었다. 무림맹과 연관이 있는 놈들이 분명하다. 그놈들이 누구인지부터 알아내라."

"알겠습니다."

"나가 봐라."

순행사자가 나가자 그는 종이와 붓을 가져오더니 보고서를 작성하기 시작했다.

검각이 나섰다는 것은 그들에게는 대단한 악재였기 때문이었다. 곽청비를 도운 백리령하와 단목환 역시 그에게는 의문이었다.

그 나이에 그렇게 무공이 강한 자는 무림에 몇 명 되지 않는다고 알고 있었기 때문이었다.

'악양에 생각 외로 많은 고수들이 와 있어. 진짜 마교가 나타난 것인가?'

중년인은 전서로 보낼 보고서를 쓰면서도 이번 임무가 쉽지 않을 수도 있다는 생각에 마음이 무거웠다.

그 시각.

그가 보고서를 보내려는 대무신가 역시 조용하지는 않

앉다.

　　　　　* * *

 대무신가를 잠시 떠나겠다고 공표를 한 사공무경의 방에 수석 호법인 사공무천이 귀가의 가주였던 사공진천과 함께 들어왔다.
 사공진천의 몰골은 상당히 처참했지만 사공무경이 떠나기 전 보고를 하기 위해 그대로 데려온 듯했다.
 그는 사공무경을 보자 그 앞에 쓰러지듯 부복을 하며 외쳤다.
 "귀가의 가주 사공진천 귀가를 잃은 죄를 청하옵니다! 죽여 주십시오."
 "죽는 것은 언제라도 가능하다. 꽤 상처가 심한 것 같은데 지가라도 들러 상처를 치료하고 올 수도 있지 않았느냐?"
 "미행이 붙을까 걱정이 되어 누구에게도 연락을 할 수 없었습니다."
 사공무경은 힘겹게 답하는 사공진천의 모습을 보며 수석호법에게 물었다.
 "좀 씻기고 데려오지 왜 이대로 데리고 왔느냐?"

"진천이가 가주님을 당장 만나야 한다고 청했습니다."

"변명이라도 할 것이 있느냐?"

"아닙니다. 마음 같아서는 자결이라도 하고 싶습니다. 하지만 제 목숨보다 그놈에 대한 정보를 알리는 것이 더 중요하다고 생각했습니다."

"그놈? 어떻게 생겼더냐?"

"그놈은 무면술을 사용하고 있었습니다. 그놈을 직접 보면 알아낼 수 있지만 용모파기를 그리기는 어렵습니다. 다만 총가에서 보내 준 창귀의 용모파기와는 다른 얼굴이었습니다."

"무면술은 너도 펼칠 수 있지 않느냐? 그런데도 알아볼 수 없더란 말이냐?"

"죄송합니다."

잠시 생각하던 사공무경은 진무성의 용모파기를 꺼내더니 그에게 던졌다.

"다시봐라. 분명 그놈이 아니더냐?"

사공진천은 모용파기를 뚫어지게 보더니 고개를 저었다.

"분명 이놈은 아니었습니다."

사공무경의 얼굴이 살짝 일그러졌다.

귀가가 그렇게 무너졌다면 당연히 창귀의 짓이라고 그

는 확신을 하고 있었다. 그런데 진무성이 아니라니 혼란이 생긴 것이다.

사공무경은 어이가 없는 듯 혀를 차더니 다시 물었다.

"보고에 따르면 최후의 함정까지 펼쳤다던데 사실이냐?"

"그놈을 반드시 죽여야 한다고 판단했습니다."

"귀가가 우리에게 얼마나 중요한 장소였는지는 아느냐?"

귀가를 맡은 지 삼십 년 가까이 된 그가 중요성을 모를 리 없었다.

"알고 있습니다."

"그런데 귀가를 완전히 파괴될 것을 알면서도 그런 결정을 한 이유가 무엇이냐?"

"가주님께서 본 가의 일순위 임무가 창귀를 제거하는 것이라고 하셨기 때문입니다."

"용모파기에 있는 놈과 다르다고 하지 않았느냐?"

"예, 달랐습니다. 하지만 전 귀가를 공격한 놈이 창귀가 분명하다고 판단했습니다."

"판단의 이유는?"

"귀가에 펼쳐진 진도 사술도 그놈에게는 소용이 없었습니다. 수하들이 최선을 다했지만 아예 상대도 되지 않았습니다. 그 나이에 그렇게 강한 놈은 창귀밖에 없다고 보았습니다. 더구나 그놈이 사용한 무기가 창이었고 심지어 마교의 무공을 사용했습니다."

"정말이냐?"

"예, 제가 직접 보았고 그놈에게 상처까지 입었습니다. 분명합니다."

사공무경의 얼굴에 눈에 띌 정도로 당황함이 나타났다.

그의 눈은 진무성의 용모파기에 가 있었다.

그가 살아오는 동안에 그의 예측이 틀리는 경우는 많지는 않았지만 있기는 있었다. 하지만 틀림없다고 확신을 한 사안이 틀린 경우는 한 번도 없었다.

진무성이 창귀라고 그는 확신을 했다.

'어떻게 본 좌를 이렇게 곤혹스럽게 하는 놈이 있을 수가 있단 말인가?'

사공무경은 자신의 판단이 틀렸다는 것이 더욱 화가 났다.

그의 분노가 주변을 잠식하기 시작했다.

사공무경은 분노를 간신히 가라앉히며 다시 물었다.

"어떤 무공을 사용했는지 기억할 수 있겠느냐?"

"마영보와 수라분광신을 사용한 것은 확실합니다. 더

욱이 그놈은 몸에서 검붉은 강기를 뿜어냈습니다."

"검붉은 강기면 어떤 신공을 사용했는지는 아느냐?"

"거기까지는 저도 알 수 없었습니다. 하지만 마공인 것은 분명합니다."

"당시 싸움 상황에 대해 자세히 설명해 보아라."

"놈은 기묘한 모양의 창을 사용했습니다. 공격을 한 수하들은……."

사공진천은 그가 보았던 진무성의 싸우던 광경을 자세하게 설명했다. 그의 설명을 듣던 사공무경은 한 대목에서 눈이 커지며 잠시 멈추라는 듯 손을 들었다.

"잠깐, 방금 한 얘기를 다시 해 봐라."

"예! 그의 창을 피하고 가까이 다가갔던 수하들이 그의 몸에서 뿜어져 나오는 검붉은 강기에 부딪치자 마치 흡성마공에 당한 것처럼 순식간에 피골이 상접하며 쓰러졌습니다."

사공무경의 표정이 말도 안 된다는 듯 고개를 살래 흔들었다.

"지금 설명한 광경에 너의 주관적인 생각이 들어간 것은 없겠지?"

"제가 본모습 그대로 말씀을 드린 것입니다. 왜 그러십니까?"

'있을 수가 없는 일인데…… 이걸 어떻게 판단해야 하지?'

사공진천이 묘사한 진무성의 강기는 그도 아는 마공이었다. 문제는 절대로 세상에 나올 수 없는 무공이라는 점이었다.

"아니다 계속 말해 봐라."

"예. 저는 그놈만은 죽여야 한다는 판단하에 독수를 열도록 했습니다. 그런데 그놈은 독수조차도 통하지 않았습니다. 그래서 결국 제가 참지 못하고 마지막으로 귀가를 폭발시켰습니다.……."

사공진천은 벽력탄 폭발의 중심에 있던 진무성이 폭발의 충격과 불에 휩싸였고 머리 위로 수만 근의 바위들이 떨어졌음에도 다시 일어나 멀쩡하게 귀가의 수하들을 죽여 나가는 장면을 설명할 때는 당시에 느꼈던 공포가 살아난 듯 진저리를 칠 정도였다.

그런 모습을 본 사공무경은 손을 슬쩍 들었다. 그러자 사공진천의 몸이 덩실 공중으로 떠오르더니 그의 앞으로 다가갔다.

사공무경은 사공진천의 가슴에 난 상처를 살피더니 상처 안으로 손가락을 집어넣었다.

사공무경은 고통에 얼굴이 일그러졌지만 신음 소리도

내지 못하고 참을 수밖에 없었다.

"여기까지 오는 데 미행한 놈은 없었느냐?"

원래 있던 자리로 다시 날아간 사공진천에게 사공무경은 차갑게 물었다.

"저도 만약을 생각해 본 가의 비밀 도로를 사용해 가며 아무도 만나지 않고 돌고 돌아왔습니다. 누구라도 절 미행할 수는 없었을 것입니다."

"지금 너의 상처가 얼마나 깊은지 알고 있느냐?"

"알고 있습니다. 오는 도중 수시로 운기조식을 했지만 알 수 없는 기가 계속 방해를 하여 내상을 치료할 수가 없었습니다."

"지금 너의 몸을 갉아먹는 기는 천극혈성마공의 흡기력이다."

천극혈성마공이라는 말에 사마진천은 물론 수석 호법인 사마무천까지 눈이 동그래졌다.

그들 역시 이름만 들어 봤을 뿐, 본 적도 증상도 아는 것이 전혀 없는 전설의 마공이기 때문이었다.

"가, 가주님 천극혈성마공은 이미 세상에서 사라진 무공이라고 알고 있습니다."

"그래, 마교에서도 아예 실전된 무공이지."

사공무경의 표정은 냉철하게 변해 있었다. 아무것도 아

닌 놈 때문에 자신의 계획에 문제가 생긴 것에 대로했던 그였지만 찾기만 하면 언제든지 제거할 수 있는 놈이라는 생각을 가지고 있었다.

하나, 진무성의 무공이 천극혈성마공이라는 것을 알게 된 지금, 보통 일이 아니라고 판단한 것이었다.

그런데 그는 어떻게 이미 마교에서도 사라진 천극혈성마공을 증상과 기만 느껴서 알아낼 수 있는 것일까……

증상과 기만으로 무공의 연원을 알아낸다는 것은 그 무공에 대해 아주 잘 알아야만 가능한 일이기 때문이었다.

"무천아."

"예, 가주님!"

"무혈이는 아직 연락이 없느냐?"

"며칠 안에 귀가한다는 연락이 왔었습니다."

사공무혈은 사공무경의 명을 받고 마교로 급파됐던 그의 아우였다.

"쉬지 말고 달려오라고 해라. 그리고 도착하면 초인동으로 보내라."

"그렇게 하겠습니다."

"진천이는 내가 흡기를 빼냈으니 데려가서 치료해 주어라."

"예!"

"가주님의 성은에 제자는 감사할 따름입니다."

죽을 각오까지 했던 사마진천은 사공무경이 용사해 주었다는 것을 깨닫자 바닥에 머리를 찧어 대며 크게 소리쳤다.

사공무경은 나가라는 듯 손짓을 하고는 눈을 감았다. 그리고 그의 손가락이 빠르게 육갑을 짚기 시작했다.

하지만 원하는 답을 얻지 못하는 듯 검미를 찌푸린 그는 고개를 갸웃하며 계속 손가락을 짚었다.

그렇게 몇 번을 반복하던 그는 탁자를 손으로 치며 중얼거렸다.

"도대체 이놈의 정체가 뭐야? 인간이 아니란 건가……."

언제나처럼 의미없는 예측이 나오자 사공무경은 도저히 이해할 수 없다는 듯 탄식을 했다.

* * *

삼원루에 마련된 자신의 방에 도착한 진무성은 뒷짐을 진 채 창밖으로 쳐다보았다.

화려한 누각과 아름다운 기녀들 그리고 기루를 방문한 수많은 사람들을 보는 그의 얼굴에는 침울한 표정이 선

명하게 보였다.

 설화영과 행복한 밤을 보내고 아침부터 바쁜 시간을 보낸 그는 천외천궁과 검각까지 자신의 편으로 끌어들이는 큰 성과를 얻었다. 그럼에도 침울한 이유가 무엇일까?

 점점 세상에 대해 알수록 너무 불공정한 사회에 대한 불만이었다. 그렇게 천덕꾸러기로 온갖 천대와 차별을 받으며 커왔고 가족들조차 강한 자들에게 무참히 잃은 그였다.

 그런데 그가 힘을 가지자 그를 대하는 세상이 달라졌다. 그는 지금 자신이 있는 방도 마음에 안 들었다. 너무 화려했기 때문이었다.

 포구만 가도 남루한 옷을 입고 고생에 찌든 얼굴로 처절하게 생존 투쟁을 벌이고 있는 양민들을 수두룩하게 볼 수 있었다.

 그런데 지금 이곳은 화려한 옷을 입고 양민들이 일 년 쓸 돈을 기녀들과 놀면서 하루 만에 쓰는 자들이 바글거렸다.

 복수를 겸해 시작한 싸움은 이제 천하를 뒤흔들 정도로 커졌다. 만약 그 싸움이 양민들에게 전혀 도움이 안됐다면 그는 끼어들지 않았을 것이었다.

 하지만 괴롭힐 자들을 처단할 힘은 가졌지만 불공평을

바꿀 수 있는 힘은 없다는 것이 그가 침울한 이유였다.

[주군.]

그때 주성택의 전음이 들려왔다.

"들어와라."

방 안으로 들어선 주성택은 군신의 예를 취했다.

"과한 예는 부담스럽다고 했다."

진무성의 말에 주성택은 몸을 일으키며 고개를 숙였다. 하지만 다른 명령은 다 들어도 과한 예를 하지 말라는 명은 따를 생각이 없어 보였다.

"주군께서 명령하신대로 악양 주위에 있는 수상한 장소에 대해 알아본 결과 동북 쪽에 있는 장원 하나가 좀 이상하다고 합니다."

"어떤 면에서 다르다고 본 것이지?"

"그 장원은 많은 상인들이 출입하는 상단의 소유라고 합니다. 그런데 근래 상인들의 출입이 좀 뜸해졌다고 합니다."

상인들이 드나는 장원인데 상인들의 출입이 좀 뜸해졌다는 것은 그럴 수도 있는 일이지 이상하다고 말하기는 어려운 상황이었다.

그럼에도 진무성은 고개를 끄덕였다. 그가 당연한 상황조차도 달라진 것이 있으면 알아오라고 했기 때문이었다.

"또 다른 곳은 없었느냐?"

"예, 몇 군데 더 있습니까?"

"그곳이 어디에 있는지 모두 말해 보아라."

"예! 악양 북문으로 나가시면……."

"이만 가 보거라 그리고 이상한 곳은 계속 살펴보아라."

"예!"

"네 곳이라…… 한 시진 안에 다 돌아볼 수 있겠군."

모두 네 곳의 위치에 대해 들은 진무성의 신형이 스르르 사라졌다.

* * *

대무신가에 전서를 보낸 중년인은 계속 운기조식을 통해 내상을 치료했다. 그리고 운기조식이 끝나자마자 기다렸다는 듯이 목소리가 들려왔다.

"초인님, 순행사자입니다."

"들어와라."

"몸은 쾌차하셨습니까?"

"작은 내상일 뿐이었다. 그래 알아보라고 한 것은 알아보았느냐?"

그는 순행사자에게 자신이 습격했던 장원의 동향에 대해 살펴보라는 명을 내렸었다.

"장원은 무림맹과 개방의 천강개가 철통같이 경계를 서고 있었습니다. 다행히 경계를 서던 천강개 중 본 가의 간세가 있어 제법 자세한 말을 들을 수 있었습니다."

"말해 봐라."

"무림맹은 무뢰단의 단원들이라고 합니다. 단주인 당영이 직접 왔다고 하니 무림맹에서 악양에서 일어난 사건들에 대해 상당히 심각하게 생각하고 있는 듯합니다."

"단주인 당영이 직접 왔단 말이지…… 그곳에 있던 젊은 놈들에 대해서 알아낸 것이 있느냐?"

"그게 어찌나 비밀로 하는지 두 명은 알아낼 수가 없었다고 합니다. 한 명은 무림맹주의 소손인 단목환이라고 합니다. 하지만 다른 두 명은 누구인지 알아내지 못했다고합니다. 다만 당영과 제갈장청이 젊은 여인과 청년에게 매우 공손한 태도를 보였다고 합니다. 제갈세가의 장로인 제갈장청까지 공손했다는 것은 나이에 비해 상당히 높은 지위에 있는 자들로 보입니다."

"검각에서 나왔다 해도 당영과 제갈장청이 공손히 대했다는 것은 검각에서도 상당히 높은 지위에 있는 계집이라는 말인데…… 그럼 젊은 놈은 누구지?"

"그것보다 낮에 젊은 놈이 장원을 방문했는데 경계 책임자였던 무뢰단 대주가 화들짝 놀라면서 정말 공손히 안으로 모셔갔다고 합니다. 그자 역시 누구인지는 알아내지 못했다고 합니다."

"젊은 놈의 어떻게 생겼는지는 알아보았느냐?"

"그게…… 얼굴을 보기는 했는데 잠깐 봤기 때문에 얼굴은 기억을 하지 못한다고 합니다."

"그게 말이 된다고 생각하느냐? 간세로 집어넣은 놈들에게 가장 중요한 능력이 본 것을 빠르게 기억하는 것이 아니더냐?"

"오래 대화를 나눌 수가 없어 기억할 때까지 잡아 놓을 수가 없었습니다. 저도 기억해 내라고 명했으니 곧 연락이 올 것입니다."

"또 다른 젊은 놈이라……."

고개를 갸웃하던 중년인의 눈에 이채가 나타났다.

"장원을 경계하는 아이들이 모두 몇 명이냐?"

"이곳은 그리 많지 않습니다. 모두 이십 명 정도입니다."

"분명하냐?"

"예!"

대답을 들은 중년인은 의아한 듯 밖을 향해 귀를 기울

이더니 몸을 일으켰다.

"왜 그러십니까?"

그의 행동에 이상함을 느낀 순행사자는 긴장한 표정으로 물으며 따라 일어섰다.

"경계를 서는 자들의 인기척이 사라졌다."

"모두 말입니까?"

순행사자의 반문에 중년인은 즉답을 하지 않았다.

이십 명이나 되는 자들의 인기척이 동시에 사라졌다는 것이 이해할 수 없었기 때문이었다.

"나도 잘 모르겠다. 모두 이 앞으로 모이라고 연락을 해라."

방문을 나간 중년인은 주위를 다시 한번 살피더니 순행사자에게 말했다.

휘익!

순행사자는 즉시 휘파람을 불었다. 모두 모이라는 신호였다.

그러나 아무도 나타나는 자들이 없었다.

"누구냐? 모습을 드러내거라."

중년인은 자신의 추측이 맞았다고 판단한 듯 앞을 보며 말했다.

그리고 그의 말에 화답이라도 하듯 검은 옷을 입은 인

영이 그들의 앞에 스르르 나타났다.

중년인의 표정이 굳어졌다.

이렇게 가까이 있었는데 전혀 감지를 못했기 때문이었다.

"내가 누구인지는 알고 나타난 것이냐?"

진무성 역시 중년인을 보며 검미가 살짝 좁아졌다.

'지금까지 만났던 자들 중 가장 강하다…… 심지어 고윤보다 강해. 도대체 대무신가에 어떻게 이런 고수들이 있는 거지? 점점 파낼수록 대무신가라는 조직이 두려울 정도구나.'

"대무신가에서 온 놈 아니냐? 새벽에 악양을 뒤집어 놓고 갔던데 아니냐?"

중년인의 눈에 살기가 번쩍였다.

"그것을 알고도 여기를 찾아왔다니 배짱 하나만은 인정해 주지. 그런데 어린놈이 너무 예의가 없구나! 어른과 대화할 때는 말투부터 존댓말로 공손해야 하는 것이다."

"존대니 공손이니 하는 것은 그럴 자격이 있는 자만이 바랄 수 있는 것이다. 대무신가의 개들에게 존대를 할 정도로 내가 착하지는 않다."

"대무신가의 개? 후후! 하긴 맞아야만 정신을 차리는 놈들이 세상에는 참 많긴하지."

중년인의 살기가 점점 짙어져 갔다.

"그래 나를 그토록 애타게 찾은 이유가 뭐냐?"

"내가 너를 찾았다고?"

"그럼 아니었더냐?"

중년인은 진무성의 말의 의미를 즉각 알아채지 못하고 의아한 눈으로 그를 쳐다보았다. 잠시 주시하던 그의 눈이 커졌다.

순행사자의 전음이 들려 왔기 때문이었다.

[초인님, 제가 주루에서 구룡신개와 젊은 놈을 만났다고 보고했던 그놈입니다.]

"설마, 네가 창귀냐?"

"쯧!쯧! 대무신가는 점을 쳐서 먹고 사는 데인지라 다 알고 온 줄 알았는데 이름도 제대로 모르면서 찾은 것이냐? 좀 실망이구나! 난 창귀가 아니고 창룡이다."

잠시 어리둥절한 표정을 짓던 중년인은 어이가 없다는 듯 눈을 실룩거리며 소리쳤다.

"사람 화를 돋우는 데 일가견이 있는 놈이군! 창귀이건 창룡이건 상관없다. 넌 그냥 죽으면 된다."

정체를 안 이상 더 이상의 대화는 필요 없었다.

말이 끝나자마자 중년인의 몸이 그대로 사라졌다.

펑!

그리고 사라지자마자 거의 동시에 중년인의 장이 진무성의 몸을 강타했다.

전광석화란 이런 것일까…… 정말 찰나였다.

"기습을 하다니 무공 수준에 비해 치사한 놈이군."

"승부에 치사 같은 것은 없다. 살아남은 자가 강한 것이다!"

중년인은 강력한 반탄력에 그의 장이 튕겨지자 놀란 표정으로 자세를 바꿨다. 하지만 진무성의 손에서 뭔가 튀어나오더니 그의 몸을 찔러 왔다. 창이었다.

파파파팍!

진무성의 창은 순식간에 열 번이 넘게 그를 찔렀다. 하지만 중년인 역시 맨손으로 그의 창을 모두 막아 냈다.

'대단하구나…… 섬전단혼창을 사용해서 삼 초 이상 버틴 자가 없었거늘…….'

진무성의 섬전단혼창은 그 속도가 너무 빨라 상대는 어떻게 죽었는지도 모르고 죽을 정도였다. 그런데 중년인은 놀랍게도 그의 창을 다 막아 내고 있었다.

더욱 놀라운 것은 바위까지 구멍을 내는 그의 창을 손바닥으로 화살을 막는 방패처럼 막아 내고 있다는 것이었다.

펑!

커다란 폭음과 함께 둘의 몸이 떨어졌다.

중년인은 주위를 둘러보았다.

그들의 격돌의 여파가 얼마나 강력했는지 어느새 장원의 반 가까이가 대파되어 있었다. 하지만 더욱 놀라운 것은 순행사자의 시체였다.

둘의 싸움이 아무리 격렬했다 해도 절정 고수인 순행사자까지 죽을 정도는 아니었다. 최소한 위험을 느꼈으면 피할 수도 있기 때문이었다.

중년인의 얼굴이 살짝 구겨졌다. 순행사자의 가슴에 구멍이 나 있었고 피가 꿀럭꿀럭 나오고 있는 것이 보였기 때문이었다.

그와 싸우는 와중에 어느새 순행사자까지 죽인 것이었다.

중년인의 무공이 예상외로 너무 강하자 진무성은 순행사자가 도망을 칠 경우 놓칠 수도 있다고 판단하고 그가 방심하고 있을 때 죽여 버린 것이었다.

"마교에서 나왔느냐?"

중년인은 진무성을 보며 물었다. 이미 그의 얼굴에는 방금까지 보였던 얕잡아 보는 모습은 사라져 있었다.

"대무신가야말로 마교의 잔당 같은데 내가 마교에서 나왔다면 공손하게 인사부터 하고 묻는 것이 예의 같은데 아니냐?"

"미친놈! 겨우 창마종의 무공을 쓰는 네놈이야말로 서열이 높은 장마종인 내게 인사를 해야 한다는 것을 모르느냐!"

'장마종?'

장마종이라는 단어를 들은 진무성의 뇌에 구마종에 관한 마노야의 기억이 쏟아지기 시작했다.

"네가 정말 마교의 구마종 중 장마종이라는 말이냐?"

"이제야 정신이 드느냐? 네놈의 무공이 제법이긴 하지만 죽었다 깨어나도 창마종은 장마종을 이길 수 없다."

"그럼 대무신가에 구마종이 모두 부활했다는 거냐?"

"그것까지 알 필요 없다. 네놈이 마교에서 나왔다면 지금이라도 대무신가를 마교의 본류로 받아들여야 할 것이다."

진무성의 얼굴에 쾌재가 나타났다. 드디어 대무신가의 진정한 정체가 드러났기 때문이었다. 물론 아직까지는 완벽하게 밝혀진 것은 아니지만 마교와 연관이 있다는 사실만은 확실하게 밝혀진 것이었다.

진무성은 비소(誹笑)를 입가에 그리며 말했다.

"장마종이 얼마나 강하기에 창마종이 이기지 못한다고 하는지 오늘 구경해 봐야겠다."

진무성의 창 끝이 장마종을 향했다. 장마종은 창끝에서 뿜어져 나오는 검붉은 강기를 보자 얼굴이 굳어졌다.

 창끝으로 집중된 강기는 당연히 도나 검 같이 전체에 어리는 강기보다 더욱 위력이 강할 수밖에 없었다.

 그는 두 손을 뻗어 내면서 장에 내공을 주입했다. 그러자 그의 장에 검붉은 강기가 그의 장을 감쌌다.

 그의 최고의 절기 중 하나인 혈룡광마장이었다.

 '전설로만 듣던 구마종이란 말이지……?'

 진무성의 머리에는 더 이상 다른 생각이 들지 않았다. 장마종이라는 말을 들으면서 그에게는 이해 못할 흥분이 그를 감쌌다.

 강자와 싸운다는 생각에 희열을 느낀 것이다.

 내재되어 있던 전사(戰士)의 피가 그의 호승심을 끌어 올리고 있기 때문이었다.

 "죽어라!"

 장마종의 몸이 빠르게 움직이며 먼저 공격을 시작했다. 창과 장의 싸움은 어찌 보면 누가 더 빠르냐에 승부가 갈린다고 봐야 했다.

 창을 사용하는 진무성은 거리를 벌리는 것이 유리하고 장을 사용하는 장마종은 최대한 거리를 좁히는 것이 중요했다. 거리를 벌리고 좁히는 것은 바로 그들의 움직임이 누가 빠르냐에 따라 결정되기 때문이었다.

'대단하군······.'

장마종의 신형이 주위를 빠르게 돌면서 진무성은 수십 마리의 혈룡의 잔상에 덮혀 버렸다.

장마종의 혈강을 머금은 장이 움직일 때마다 혈기가 여운을 남기며 공중에 혈룡을 그려 냈기 때문이었다. 놀라운 것은 허상에 불과한 혈룡들이 마치 살아 있는 것처럼 진무성을 물려고 든다는 점이었다.

더구나 혈룡에 가려진 장마종의 장이 조금의 빈틈만 보이면 진무성의 요혈을 노리며 파고 들었다.

하지만 진무성의 창 역시 무력하게 밀리지는 않았다. 지금 그가 번갈아 사용하는 창법은 섬전단혼창과 십절수라창이었다.

섬전단혼창은 가장 짧은 거리를 가장 빠르게 파고들면서 상대를 꿰뚫어 버리는 찌르기에 특화된 창법으로 살상력이 매우 높았다. 십절수라창은 방어와 때리기에 치중된 창법으로 언뜻 보면 봉술과 매우 흡사했다.

단순함을 최대화시키고 속도를 최우선으로 삼는 섬전단혼창과 창법으로는 매우 드물게 변식을 위주로 하는 십절수라창은 특징이 너무 달라 두 개를 동시에 펼치는 것은 거의 불가능에 가까웠다.

하지만 진무성은 경이롭다는 표현을 할 수밖에 없을 정도로 두 창법을 적절히 사용하여 위력을 극대화시켰다.

장마종은 자신의 공격이 창에 의해 철저하게 막히자 표정이 일그러졌다. 자신의 빠른 장을 긴 창으로 모두 막아내는 것에 감탄이 절로 나올 정도였다.

펑! 펑! 펑……!

창과 장이 부딪치는 폭발음이 연달아 터져 나왔다. 격렬하게 싸우고 있었지만 창과 장의 직접적인 접촉은 거의 없었다. 그들이 뿜어내는 강기에 위해 보호를 받고 있어서였다.

"네, 네놈의 정체가 뭐냐?"

장마종은 초수가 길어지면서 점점 경악을 하기 시작했다.

창을 사용하는 와중에 진무성이 권과 장도 적절하게 가미를 했는데 하나같이 마교의 초절정 무공들이었기 때문이었다.

그의 장은 혈강에 더불어 피로 뒤범벅이 되어 있었다. 강기와 강기끼리 부딪치며 폭발음을 만들어 냈지만 진무성의 창끝에서 나오는 강기가 그가 뿜어내는 강기보다 더 강한 듯 그의 손바닥을 계속 찢어 댔기 때문이었다.

아직 손바닥에 구멍이 뚫릴 정도의 피해는 입지 않았지

만 계속 이대로 갔다가는 결국 더 이상 보호하지 못하고 뚫릴 것이 자명해 보였다.

'어떻게 이놈이 나보다 내공이 강할 수 있는 거지?'

장마종은 지금의 상황이 이해할 수가 없었다.

천기를 타고 태어난 그들의 신체 능력은 보통 사람들과는 비교할 수 없을 정도 탁월했다.

그런 그들을 초인동에 데려와 온갖 시술을 하며 환골탈태까지 여러 번을 시켰다. 무공을 높여 주는 영약과 영초는 기본이었고 이미 그들 전에 키워진 다른 초인들에게 내공을 옮겨 받는 격체전이까지 받으며 내공을 높였다.

그런데 젊은 진무성의 내공이 자신을 능가한다는 것이 믿을 수가 없었던 것이다.

하지만 믿을 수 있고 없고는 생사결의 승패에서 아무런 도움이 될 수 없었다. 믿지 못한다 하여 내공이 사라질 리는 없기 때문이었다.

'으윽!'

십여 초가 더 흘렀다.

장마종의 입에서 침음성이 흘러나왔다.

결국 진무성의 창이 그의 손바닥을 뚫어 버린 것이다. 하지만 그가 침음성을 터뜨린 것은 고통 때문이 아니었다. 창을 타고 들어온 진무성의 기가 그의 내부를 흐트러뜨리는 것을 느꼈기 때문이었다.

'이게 뭐지?'

장마종은 급히 천마신공을 끌어올렸다. 그러나 그가 내공을 끌어들인 것은 더욱 상황을 악화시켰다. 기가 급하게 움직이면서 진무성의 기가 더 빨리 움직이기 시작한 때문이었다.

그의 무공 정도면 차분하게 운기조식으로 진무성의 기를 밀어 낼 수 있었다. 하지만 진무성이 그가 운기조식을 할 수 있도록 해 줄 리 만무했다.

강력한 장을 후려친 장마종은 손에 박힌 창을 빼는 데 성공을 했다. 상처의 크기만을 따지면 그다지 큰 상처가 아니라고 할 수 있었다.

그러나 생사결을 펼치는 지금 상황에서 장을 사용하는 그가 장에 상처를 입었다는 것은 검을 사용하는 자의 검이 부러진 것과 마찬가지로 치명적이라고 할 수 있었다.

"네놈의 정체가 뭐냐?"

장마종은 진무성이 창마종의 후예가 아니라고 판단할 수밖에 없었다.

"지금 상황에서 그런 것을 묻다니 아직도 상황 파악이 안 되나 보구나. 지옥에 가면 염라대왕이 가르쳐 줄 게다."

말을 마친 진무성은 주위를 둘러보았다.

　이미 장원은 완전히 부서졌다. 상당히 외진 곳에 위치해 있었지만 이 정도의 싸움이면 이미 본 사람도 있을 것이 분명했다. 진무성은 더 이상 시간을 끌 수 없다고 판단한 듯 그대로 장마종을 향해 몸을 날렸다.

　공포의 전설인 구마종의 후예가 나타났다는 것이 퍼진다면 무림은 발칵 뒤집힐 것이 분명했다. 그리고 그를 진무성이 죽였다는 것이 알려진다면 아마 진무성의 명성은 무림 전체에서 독보적인 존재가 될 것이었다.

　무림에 또 하나의 전설이 쓰여지고 있었다.

8장

 삼원루의 자신의 방으로 돌아온 진무성은 침상에 정좌를 하고 앉았다.
 입고 있는 옷이 상당히 많이 찢어져 있고 몸 곳곳에 피도 많이 묻어 있었지만 그대로 정좌를 했다는 점은 그가 그만큼 힘들었다는 의미이기도 했다.
 눈을 감은 진무성은 즉시 암흑의 공간으로 빠져 들어갔다.
 그토록 그를 괴롭히던 지옥과 같은 공간이었지만 이젠 아늑하게 느껴지고 있었다.
 얼마나 지났을까?
 온몸을 휘감고 있던 검붉은 기가 무려 사방 이십 장 가까이 뻗어 나간 상태였다.

 환골탈태 전에는 오 장 정도 뻗어 나갔었고 환골탈태 후에도 간신히 십 장 정도 뻗어 나갔던 것과 비교하면 괄목상대(刮目相對)할 정도로 더욱 강해진 것이다.

 '온몸의 기가 다 탈진할 정도로 싸움을 하고 나면 확실히 내공이 일취월장(日就月將)하고 있어. 여전히 만년천지음양과의 약효가 몸에 남아 있다는 말인데 정말 내가 천고의 기연을 얻은 것만은 분명한 것 같구나.'

 장마종을 죽이는 데는 성공했지만 그 역시 만만치 않은 부상을 입었다.

 물론 치명상은 아니었지만 장마종과 맞먹는 자가 둘 이상 협공을 한다면 지금처럼 반드시 이길 수 있다고 장담할 수는 없었다.

 '대무신가에서 정말 구마종을 다시 부활시킨 것일까?'

 진무성은 의아한 듯 고개를 갸웃했다.

 운기조식을 하는 와중에 마노야가 가지고 있던 구마종에 대한 기억을 모두 끄집어낸 그는 생각보다 많은 정보를 얻을 수 있었다.

 그러나, 오히려 의아함은 더욱 강해졌다.

 마노야의 기억에 의하면 천마 사후 구마종 간에 권력 다툼이 일어났고 그 와중에 여러 마종이 죽는 불상사가 발생했다.

 내분으로 자멸하다시피 한 마교는 결국 총교단이 있는 십만대산으로 후퇴했지만 그곳에서도 권력 다툼은 멈추지 않았다.

 마교의 핵심이자 기둥이었던 구마종이 또다시 여럿 죽고 몇몇은 아예 마교를 떠나면서 구마종 중 가장 하위였던 창마종이 어부지리로 마교의 패권을 차지했지만 교주 자리까지 차지할 수는 없었다.

 그런 체제로 삼백 년이나 지난 후, 태어난 것이 마노야였다.

 진무성이 대무신가에서 구마종을 부활시킨 것에 대해 의아함을 느낀 것은 구마종의 핵심 무공이 마교에서 대부분 실전됐기 때문이었다.

 그들의 권력 다툼은 매우 갑작스럽게 시작이 되었다. 모두 제자들은 두고 있었지만 그들의 핵심 무공을 완벽하게 전수하지 못한 상태에서 그들이 죽었기 때문이었다.

 물론 몇몇 마종은 십만대산을 떠나 중원에 새롭게 자리를 잡으려 했지만 실패하면서 그들의 무공 역시 사라지는, 마교로서는 최악의 결과를 맞이하고 말았다.

 '대무신가에서 구마종을 부활시켰다면 그들이 남긴 무

공을 얻었다고 봐야 하는데 구마종이 그들의 무공을 담긴 비급을 남겼다는 정보는 마노야에게도 없어.'

마노야에게 그런 정보가 없다는 것은 구마종이 자신들의 무공 비급을 남기지 않았다는 것이 합리적인 생각이라 해야 했다.

확률은 낮지만 마노야가 몰랐을 가능성도 있긴 했다. 하지만 대무신가에서 구마종 모두의 무공 비급을 얻었다고 보는 것은 더욱 신빙성이 없었다.

구마종이 이름만 차용했고 실지로는 그들의 무공을 모를 수도 있었다. 하지만 장마종의 무공은 마노야가 남긴 구마종의 무공이 남긴 모습과 정확히 일치했다.

최소한 그에게 죽은 장마종은 예전 장마종의 무공을 얻은 것은 분명해 보였다.

대무신가에 대한 의구심이 점점 커지고 있던 그가 갑자기 하늘을 쳐다보았다.

하늘이라고는 했지만 암흑의 공간의 하늘은 그저 암흑일 뿐이었다. 그러나 그 암흑의 하늘에서 미세하게 일어나는 흔들림이 있었다.

'누가 오고 있군.'

중얼거린 진무성은 암흑의 공간에서 빠져나갔다.

눈을 뜬 진무성은 자신의 몸을 봤다.

'옷을 갈아입고 좀 씻었어야 했나?'

하지만 방문자가 이미 가까이 다가온 터라 시간이 없었다.

암흑의 공간에서 꽤 시간을 보낸 듯 이미 밖은 오밤중이었다.

진무성은 창가로 가더니 호롱불을 들어 몇 번 흔들었다. 그러자 약속이 되어 있는 듯 남자 두 명과 여자 한 명이 창을 통해 안으로 들어왔다.

"저희가 만난 지 이틀밖에 안 됐는데 벌써 오셨습니까?"

그들은 백리령하와 곽청비 그리고 단목환이었다.

진무성은 그들과 헤어지면서 자신이 삼원루에 머물고 있다는 것을 알려 주며 언제든지 방문해도 된다고 했었다. 그러나 이렇게 빨리 찾아올 줄은 몰랐다.

그만큼, 그들이 진무성보다 더 급하다는 방증이기도 했다.

"아니, 진 형! 이게 어찌 된 겁니까?"

백리령하는 진무성의 행색에 깜짝 놀라 다가오며 물었다.

"전 괜찮습니다. 그런데 어쩐 일로 이 시간에 세 분이 다 같이 오신 겁니까?"

"한시진 전에 엄청난 싸움이 벌어진 것 같다는 보고를 받고 저희들이 갔었습니다."

"어떤 싸움이기에 세 분이 같이 간 겁니까?"

"장원이 완전히 폐허로 변할 정도로 격렬한 싸움이었습니다. 그런데 시신 중 한 명이 저희가 그려 준 용모파기와 비슷하다는 말에 달려갔지요."

"용모파기라면 세 분을 공격했다는 그 중년인 말입니까?"

"그렇습니다."

"혹시, 동문으로 나가서 북쪽으로 일마장 정도 올라간 곳에 있는 장원을 말하시는 겁니까?"

순간 세 명의 눈이 커졌다.

그들이 이곳에 달려온 이유도 사실은 시신들의 상처에 창상이 많았기 때문이었다.

심지어 찢어지고 피가 묻은 그의 복장을 보는 순간 진무성일지도 모른다는 심증이 들었는데 장원의 위치까지 알고 있으니 틀림없다는 확신이 든 것이었다.

"진 형께서 그러신 겁니까?"

"제가 수상한 곳이 있다는 보고를 듣고 여러 곳을 방문했는데 그곳에 마교의 무공을 쓰는 자가 있더군요. 다행히 세 분을 습격한 자가 맞았군요."

아무렇지 않게 말하는 진무성을 보며 세 명의 가슴은 각기 다른 이유로 뛰었다.

특히 놀란 것은 진무성의 무공이었다.

이미 창룡으로 불리며 십대고수를 능가한다는 말을 듣고 있었지만 그들이 진무성의 무공을 실지로 본 적은 없었다.

하지만 세 명이 합공을 하여 간신히 물리친 상대를 수하들까지 있는 상황에서 모두 죽였다는 것은 최소한 진무성의 무공이 자신들의 무공보다 두 배 이상 강하다는 반증이었다.

진무성은 그들이 자신을 놀란 눈으로 보며 말을 하지 않자 이유를 짐작한 듯 슬쩍 부언했다.

"제가 도착했을 때, 그자는 내상을 입었는지 제대로 실력을 발휘하지 못하고 있었습니다. 아마도 세 분과의 격돌로 상당한 부상을 입었던 것으로 보입니다. 제가 운이 많이 좋았던 것이지요."

진무성의 말에 단목환은 고개를 저으며 말했다.

"그자가 저희들과의 싸움으로 얼마나 부상을 입었는지 정도는 저도 알 만큼의 무공을 지니고 있습니다. 그렇게 말씀하시지 않아도 됩니다."

단목환은 진무성의 진정한 무공 수준을 인정하다는 듯

말하고는 다시 입을 열었다.

"그런데 그자가 마교의 무공을 사용했다고 하셨는데 그것은 어떻게 아셨습니까?"

"여러 종류의 장법을 사용했습니다. 그중 한 수법이 마교의 구마종 중 장마종이 사용했다고 알려진 혈룡광마장이었습니다. 그리고 스스로 대무신가에서 구마종을 모두 부활시켰다고 하더군요. 십만대산에 숨어 있다고 알려진 마교는 잔챙이고 자신들이 마교의 본류라고도 했습니다."

그의 전언이 모두 장마종이 직접한 얘기는 아니었지만 진무성은 사실인 것처럼 말했다. 무림에 구마종의 후예가 나타났다는 경고를 해 주는 것이 필요하다고 느꼈기 때문이었다.

"그럼 그자와 맞먹는 무공을 지닌 자들이 아직도 여덟 명이나 더 있다는 얘기 아닙니까?"

"그들이 진정으로 천 년마교를 부활시킨 것이라면 구마종만 있다고 볼 수는 없겠지요."

진무성의 이어지는 부언에 모두의 표정이 심각하게 굳어졌다. 구마종만이 아니라면 또 누가 있다는 말인가……

하지만 누구도 더 이상 입을 열지 않았다. 입에 언급하기도 싫은 인물이 머리에 떠올랐기 때문이었다.

"자, 그 얘기는 확실해질 때 얘기하기로 하고 우선 대무신가가 마교라는 가정하에 우리 무엇을 해야 할지에 대해 의논을 해 보지요."

결국 백리령하가 침묵을 깨며 화제를 바꿨다.

현 무림에서 가장 영향력이 큰 네 명의 숙의(熟議)가 어떤 변화를 가져올지 기대되는 장면이었다.

* * *

"지존, 흑면수사입니다."

집무실에 앉아 서류를 살피던 파천혈마는 흑면수사의 목소리를 듣자 서류를 옆으로 치우며 말했다.

"들어와라."

안으로 들어선 흑면수사는 공손히 부복을 한 후 일어섰다.

"앉아라."

"예!"

"군사부에서 결론을 내렸느냐?"

"아직 정보가 부족한 부분이 좀 있습니다. 그래서 확정이라기보다는 심증이라고 보아야 할 것 같습니다."

"확정이고 심증이고 조금의 가감 없이 분석한 대로 보

고해라."

"예!"

대답을 한 흑면수사는 품에서 봉서 하나를 꺼냈다. 군사부나 혈사련주의 집무실이 같은 총단 안에 있음에도 보고서를 봉서로 가져왔다는 것은 지금 이들의 대화가 극비 중의 극비로 진행이 되고 있음을 말해 주고 있었다.

봉서를 뜯은 파천혈마는 천천히 보고서를 읽기 시작했다. 그리고 점점 얼굴이 굳어지기 시작했다.

보고서를 다 읽은 그는 흑면수사를 보며 무겁게 말했다.

"천년마교가 배후에 있다고 판단한 이유가 뭐냐?"

"군사부에서는 그동안 일어난 사건들을 시간대별로 분석을 하고 죽은 수하들의 시신을 최대한 확보를 하여 부검도 했습니다. 그리고 본 련에서 파악하지 못했거나 대수롭지 않게 여겼던 사건들까지 모두 수집해 분석했습니다. 그러다 보니 알게모르게 본 련의 행사를 좀 먹고 있는 자들이 있다는 정황을 발견했습니다."

"그런 자들이 있었는데 왜 이전에 발견을 하지 못한 것이냐?"

"모든 정황이 정말 은밀했습니다. 본 련보다 더 큰 조직이 있다는 가정을 한 후에야 발견할 수 있었습니다."

"그게 대무신가란 말이냐?"

"예, 그리고 이번에 대무신가와 싸우면서 죽은 수하들의 몸에서 나타난 상처들에서 마교의 무공의 흔적이 매우 많이 발견이 되었습니다."

"그래서 대무신가가 마교라는 심증을 가지게 된 것이고?"

"꼭 그것만은 아닙니다. 하지만 본 련은 물론 암흑무림과 천존마성까지 속이고 사파와 마도 안에 그렇게 큰 세력을 구축할 수 있는 자들이 누가 있을 까를 생각해 보면 마교를 생각할 수밖에 없었습니다. 마교가 중원을 침공 전에 벌였던 수법들이 이번에도 재현된 것으로 보였습니다."

"그래서 암흑무림은 물론 천존마성과도 손을 잡아야 한다는 분석을 내린 것이냐?"

"무림맹은 이상할 정도로 대무신가의 사건에 끼어들지 않았습니다. 예전 제황병이 나타났을 때 정파에서 어떤 일이 있었는지를 생각해 보면 이번의 대응은 매우 이례적입니다. 전 보이지 않는 누군가가 있었다고 봅니다. 그리고 그 덕에 본 련과 암흑무림만 심하게 피해를 입었습니다."

"만약 진짜 대무신가가 천년마교와 연관이 있다면······."

"저는 확실하다고 봅니다. 사파와 마도도 손을 잡고 협조 체제를 구축하지 않는다면 예전 마교침공 때 당했던 각개격파의 우(愚)를 또 범하게 될 것입니다."

파천혈마의 얼굴이 일그러졌다. 진짜 마교가 다시 나타난 것이라면 사파도 힘을 합쳐야 할 당위성은 분명히 있었다. 하지만 그가 가장 싫어하는 자들이 정파인이 아닌 그들이라는 것이 문제였다.

한참을 고심하던 그는 결정을 내린 듯 말했다.

"네가 먼저 그들에게 연락을 해서 운을 떼 보아라. 그놈이 반갑게 받아들이다면 괜찮지만 감히 오만함을 보이거나 하면 협상은 없다."

조건은 달았지만 놀라운 전향이었다.

만약 사파와 마도, 삼 개 세력이 손을 잡는다면 무림맹을 능가하는 거대 세력의 등장이 되는 것이었다.

* * *

모두가 돌아간 뒤, 진무성은 창가로 다가가 천기를 살폈다. 다른 것은 마노야의 기억을 통해 대부분 이해를 할 수 있었다.

천기 역시 이젠 보는 것은 상당히 늘었다. 하지만 여전히 해석은 쉽지 않았다. 천기를 읽는 것은 방법만 가지고는 할 수 있는 것이 아니었기 때문이었다.

'영 매 말이 저기 보이는 별이 영 매고 그 별을 보호하듯이 둘러싸고 있는 별이 내 것이라고 했는데 여전히 어느 것이 내 것인지 확실히 알 수가 없단 말이야.'

진무성이 이러는 것은 어쩌면 당연했다. 설화영은 물론 사공무경조차 진무성의 별을 특정하지 못하고 있었기 때문이었다.

하나 그가 거의 매일 천기를 보는 것은 자신의 별을 보기 위해서가 아니었다. 그가 찾는 것은 정체를 알 수 없는 대무신가의 가주였다.

설화영의 말에 따르면 그는 아주 존귀한 별을 타고 났고 그 별빛은 하늘 전체를 비추고 있다했다. 하지만 그는 그 별을 여전히 볼 수 없었다.

설화영은 그의 별이 아주 특이하다고 했다. 심지어 그녀가 직접 손가락으로 가리키며 설명까지 해 주었지만 여전히 볼 수가 없었다.

그의 시력은 설화영보다 최소한 열 배 이상 더 멀리 볼 수 있었다. 그럼에도 그녀가 가리키는 별을 보지 못한다는 것은 매우 이상한 현상이었다.

어쩌면 사공무경이 진무성을 천기로 찾아내지 못하는

것과 일맥상통하는 것일 수도 있었지만 진무성으로서는 아직은 알 리 없었다.

찾고자 하는 사공무경의 별은 여전히 보이지 않았지만 하늘 전체로 뻗어 나가는 혈겁의 기가 점점 강해지고 넓어지는 것은 볼 수 있었다.

그리고 그 혈기는 며칠 전부터 급속도로 커지고 있었다.

"조만간 혈겁이 시작될 거야. 그런데 그것 이외에는 알 수 있는 것이 전혀 없어…… 영 매도 혈겁이 곧 닥칠거라고 했는데 막을 수 있는 방법이 있긴 있는걸까?"

천기(天機)란 하늘의 비밀을 뜻한다. 그렇다면 이미 정해진 것이라는 말인데 사람의 힘으로 그것이 막아질 수 있는 것인지 그는 알 수가 없었다.

잠시 생각하던 그는 주먹을 불끈 쥐며 중얼거렸다.

'그래! 하늘의 뜻이건 뭐건 나는 내 신념과 의지대로 할 일만 하면 돼. 막을 수 없더라도 최선을 다한다면 피해를 최소화는 할 수 있을 거야.'

진무성은 자신의 천고의 기연을 얻었다는 것 역시 하늘의 뜻이라고 한다면 자신에게 뭔가 부여된 것이 있다고 마음을 먹었다.

그때 누군가의 전음이 들려왔다.

[주군, 소동표입니다.]

동정삼옹 중 한 명인 동정조옹이었다.

"들어오세요."

진무성의 허락이 떨어지자 여러 가닥의 낚싯대를 등에 맨 노인 한 명이 창문으로 들어왔다.

"예는 차리지 마십시오. 장로님들은 본 문의 최고 간부입니다. 과한 예는 제가 부담스럽습니다. 앉으세요."

동정조옹이 신하의 예를 취하려 하자 진무성은 급히 손을 살짝 흔들며 말했다.

'놀랍구나…… 신위가 더 높아졌어.'

동정조옹은 엎드리려던 자신의 몸이 그대로 펴지자 감탄을 하며 자리에 앉았다.

"이곳에 계신다는 말을 주 영주에게 듣고 보고를 드리러 왔습니다."

주성택은 낭인방의 부방주이지만 천의문에서는 영주의 지위였다.

"그래 어느 정도 진척이 되셨습니까?"

"지금까지 이십여 명 정도 모았습니다. 무공 수준은 주군께서 원하신 대로 모두 절정 고수 이상의 무공을 지녔습니다."

"세 분께서 고르셨으니 어련하겠느냐 생각은 하지만

저와 상대할 자들은 너무도 교활하고 완벽할 정도로 자신을 숨길 수 있는 자들입니다. 하여 절대로 믿을 수 있는 사람들이어야만 합니다."

"저희가 최소한 이십 년 이상 알고 지내던 분들만 골랐습니다. 그리고 아직 주군에 대해서는 말하지 않았습니다. 직접 만나 보시고 결정하시는 것이 맞다고 보았습니다."

"그럼 오늘 만나볼 수 있겠습니까?"

"모두 악양에 들어와 있으니 가능합니다."

"그럼 오늘 유시쯤에 만나고 싶습니다."

"알겠습니다. 그럼 어디서 만나는 것이 좋겠습니까?"

"동정호 근처에 사람들의 인적이 드문 곳에서 만나고 싶습니다. 장로님들께서 정하셔서 주 영주를 통해 연락 주십시오."

"예!"

동정조옹은 깍듯이 인사를 하고는 다시 창문을 통해 밖으로 사라졌다.

"쉽게 이곳을 찾아올 수 있도록 방법을 찾아야겠군."

그는 나이도 많은 동정조옹까지 창문을 통해 오가는 것이 좀 안쓰러운 듯 중얼거렸다.

* * *

대무신가의 회의실. 모든 간부들이 심각한 표정으로 앉아 있었다.

"군사."

"예, 수석호법님."

대무신가의 임시 가주를 맡고 있는 사공무천이 정운을 불렀다.

"가주님께서 내리신 명령을 하달하겠다."

그의 말이 떨어지자 정운은 넙죽 엎드렸다.

"군사, 정운은 오늘 부로 파멸계를 시작하라."

파멸계라는 단어가 나오자 모두의 표정이 일변했다. 드디어! 라는 표정으로 격동하는 자들도 있었지만 불안한 표정을 짓는 자들도 있었다.

사공무천은 불안한 표정을 짓고 있는 한 노인을 보며 물었다.

"추 장로는 파멸계를 시작하는 것이 싫으냐? 표정이 안 좋군."

노인은 장로인 추호연이었다.

"아닙니다. 다만 파멸계를 시작할 호남의 사정이 지금 안 좋아서 계획이 어긋날까 그게 좀 걱정이 됐을 뿐입니다."

"가주님께서 명을 내리셨으면 우린 그대로 따르면 된다. 실패하면 어쩌나 하는 걱정 따위는 우리가 할 필요가 없다는 말이다!"

"용서하십시오. 제가 생각이 짧았습니다."

추호연은 급히 허리를 굽히며 용서를 빌었다.

"수석호법님, 추 장로님의 말씀대로 호남 북부의 정보망이 많이 망가졌고 지가 역시 두 곳이나 사라지는 바람에 약간의 차질은 불가피합니다. 강서의 지가를 호남으로 옮기고 복건의 지가를 강서로 옮기는 특단의 대책이 필요합니다."

"가주님께서도 이미 내게 그렇게 명하셨다."

"그럼 그들을 옮기는 데 시간이 좀 필요합니다."

"얼마나 걸릴 것 같으냐?"

"최소한 보름은 걸릴 것입니다."

"보름이라……? 너무 길다. 가주님께서는 즉시 시작하라고 하셨다. 최선의 방법을 찾아 봐라."

"알겠습니다. 최대한 빨리 시작할 방법을 찾아보겠습니다."

"또 하나! 파멸계를 실행하는 동안 창귀와는 절대 부딪치지 말라고 하셨다."

"파멸계를 시작하면 그놈과는 반드시 부딪칠 것입니다."

"초인동에서 그놈을 죽이기 위해 직접 나서기로 했다. 아니 이미 나섰다. 조만간 그놈이 죽었다는 소문이 퍼질 것이니 그 전까지는 피해라. 가주님께서는 세가 제자들이 더 이상 피해를 입는 것을 바라지 않으신다."

"가주님의 명을 받들겠습니다!"

모두는 커다랗게 소리쳤다.

그런데 파멸계란 무엇을 말하는 것일까……

* * *

무림맹주의 집무실.

모두가 잠들 시각임에도 그곳은 불이 켜져 있었다.

집무실안에는 무림맹주 하후광적과 제자인 인지화 그리고 한 노인이 앉아 있었다.

"환이가 보내 온 밀지입니다."

인지화는 공손히 쪽지 하나를 하후광적에게 바쳤다. 전서구에 사용하는 작은 종이에는 깨알같이 작은 글씨가 빽빽하게 적혀 있었다.

쪽지를 다 읽은 하후광적은 노인에게 쪽지를 넘겼다. 그리고 그가 다 읽자 물었다.

"역 호법께서는 어찌 생각하십니까?"

역 호법이라 불리운 노인은 뜻밖에도 무림맹 총단 앞 주루에서 진무성에게 무림맹 총단에 기다릴 사람이 있다고 말했던 노인이었다.

그는 겉보기와는 달리 하후광적보다도 나이가 많았다. 무림맹의 비밀 호법으로 무황촌에 숨어들어 무림맹을 호시탐탐 노리는 첩자와 간세들을 찾아내고 제거하는 임무를 맡고 있었다.

그는 만패불패(萬敗不敗)라는 아주 특이한 명호를 가지고 있었다. 만 번을 싸워 전부 패배를 했지만 패한 적이 한 번도 없다는 모순적인 그의 명호안에 그가 얼마나 치열한 삶을 살아왔는지를 알 수 있었다.

그래서일까…… 누구라도 그의 명호를 들으면 고개를 숙일 정도로 정파인에게는 존경을 사파와 마도에게 경외를 받는 인물이었다.

무림에서의 종적을 감춘 지 이십 년이 넘어 정파인들에게 이미 죽었다는 말과 아니다 천외천궁에 들어갔을 것이다 라는 소문이 돌고 있는 인물이기도 했다.

역도수는 심각한 표정으로 자신의 생각을 말하기 시작했다.

"환이는 아주 신중한 아이지요. 그럼에도 이렇게 확신하듯이 보고를 했다면 분명 그럴 이유가 있을 것이라고 봅니다."

 쪽지에는 그동안 악양에서 있었던 일들이 아주 소상하게 적혀 있었다. 더욱이 검각과 천외천궁에서 검주와 공주를 보냈다는 말은 사안의 심각성을 더욱 적나라하게 보여 주고 있었다.

 그러나 그들을 놀라게 한 것은 검각과 천외천궁이 아니었다. 보고의 절반이 넘게 언급한 창룡과 마교에 대한 것이었다.

 특히 단목환과 천외천궁의 공주 그리고 검각의 검주까지 세 명의 협공에도 밀리지 않을 정도로 강력한 장마종이 창룡에게 죽었다는 보고는 그들을 기함하게 하기에 충분했다.

 단목환과 백리령하 그리고 곽청비의 무공에 대해 그들도 잘 알고 있었기 때문이었다.

 "창룡에게 매우 감탄한 것 같지 않습니까?"

 "저도 그렇게 느꼈습니다. 그럼에도 창룡에 대한 솔직한 평가는 하지 않았다는 것은 의구심을 가지고 있다는 의미일 것입니다."

 그러자 인지화가 끼어들었다.

 "저도 창룡에 대해서는 이해할 수 없는 여러 의아한 점을 발견했습니다."

"어떤 점이냐?"

"사람인 이상, 누구라도 지금이 있으면 과거가 있어야 합니다. 그런데 창룡은 과거의 행적을 전혀 찾을 수가 없었습니다. 게다가 그의 나이로는 도저히 가질 수 없는 무공 역시 의구심을 주고 있습니다."

"하지만 창룡이 마교에게 적대적인 것은 분명하지 않느냐?"

"그것도 의문입니다. 천년마교는 차치하더라도 마교를 참칭했던 자들조차 사라진지 백 년이 넘었습니다. 그런데 그의 나이에 마교와 원한이 있다는 것이 이상하다고 보았습니다."

"……역 호법도 그렇게 보십니까?"

하후광적은 역도수를 매우 신뢰하는지 먼저 그의 의견을 물었다.

"인 단주의 말도 일리가 있습니다. 그러나 환이 말대로 대무신가에서 구마종을 다시 부활시켰다면 사파와 마도일지라도 힘을 합해야 할 상황입니다. 그런데 마교와 원수라고 하는 자와 척을 질 필요는 없다고 봅니다."

지금 구마종의 부활이라는 전대미문의 사건 앞에서 다른 적이란 있을 수 없었다. 그의 말대로 마교를 배척하는 세력은 무조건 함께 힘을 모아야 하기 때문이었다.

"지화야."

"예, 사부님."

"창룡에 대한 성토가 벌어졌던 저번 장로회의에서 창룡을 적극적으로 비호했던 문파들이 어디어디였는지 아느냐?"

"알고 있습니다."

"그들 문파가 정체도 모르는 자를 그렇게 비호할 이유가 무엇이었겠느냐?"

인지화는 즉답을 하지 않고 잠시 머뭇거렸다. 그러자 하후광적이 다시 물었다.

"역 호법은 괜찮으니 네 생각을 허심탄외하게 말해 보거라."

"이건 그냥 저의 짐작일 뿐입니다. 저는 그들 문파와 창룡간에 우리가 모르는 어떤 만남이 있지 않았나 싶습니다."

"그래, 누구라도 그런 생각을 할 것이다. 그런데 단지 호의적이라고 보기에는 매우 적극적으로 창룡을 비호했다. 난 그냥 만남이 아니라 그들 간에 약조를 한 것이 있다고 판단한다."

잠시 정적이 일었다.

무림맹에 속한 문파가, 그것도 중소문파가 아니라 무

림맹의 핵심을 이루는 대문파가 하나둘도 아니고 여럿이 정체를 알 수 없는 자와 밀약을 맺었다면 그 파장은 만만치 않을 것이 분명했다.

"혹시 그들 중에 남궁세가가 있었습니까?"

역도수의 질문에 하후광적과 인지화는 그를 쳐다보았다. 질문에 뭔가 느낀 것이 있다는 것을 감지했기 때문이었다.

"남궁세가에서는 총가에서 장로님과 소가주까지 보내 의견을 내지 않던 문파사람들을 설득했다고 합니다. 그래서 말이 좀 났었습니다."

인지화의 답을 들은 역도수의 눈에 이채가 나타났다.

그의 머리에 한 청년의 모습이 스쳤기 때문이었다.

9장

"맹주님, 제가 며칠 전 무황촌에서 신비한 청년을 만난 적이 있었습니다. 제가 보기에 범상치 않다는 생각이 들어 그에 대해 자세히 알아보던 중이었습니다."

역도수의 말에 하후광적과 인지화는 그를 쳐다보았다. 그는 비밀 호법으로서 여간해서는 직접적으로 조사를 하고 하는 사람이 아니었기 때문이었다.

"어떤 자이기에 역 호법께서 직접 조사를 하신 겁니까?"

"사실 며칠 전에 그에 대한 정보를 받았는데 맹주님께 보고드리기에는 조금 미진한 듯 해서 더 자세한 조사를 해 달라고 군사부에 부탁을 해 놓은 상태입니다. 그런데 지금 듣다 보니 연결이 되는 지점이 있는 것 같아서 말씀드리는 겁니다."

"자세히 말해 보시지요."

"제가 맡고 있는 주루에 남궁세가의 남궁백준 장로와 남궁의영 소가주가 한 청년과 함께 왔었습니다…… 그런데 의아할 정도로 남궁 대협과 소가주가 그 청년에게 공손하게 대했습니다."

역도수는 우선 그 청년에게 자신이 관심을 두었던 상황에 대해 설명을 했다.

"남궁 대협이 그 청년에게 매우 공손했단 말입니까?"

하후광적과 인지화도 고개를 갸웃했다. 남궁세가 사람들은 매우 절도 있고 예의가 발라 누구에게도 무례한 행동을 하지 않는 것으로 정평이 나 있었다.

그러나 무례하지 않는다는 것과 공손한 것은 달랐다.

"그만이 아니라 소가주도 아주 깍듯했습니다. 그래서 무슨 대화를 나누나 들어 보려고 했지만 들을 수가 없더군요."

"전음으로 대화를 나누었다는 말입니까?"

무림맹은 무황촌은 물론 무림맹 내에서도 전음으로 대화를 나누는 것을 금지까지는 아니었지만 되도록 사용하지 말라고 권고하고 있었다.

전음을 사용한다는 것은 뭔가 비밀 얘기를 한다는 의미였기에 첩자를 방지하는 차원이었다.

"전음은 아니었습니다. 분명 입으로 대화하는 것을 보았으니까요."

"전음이 아닌데 역 호법께서 들을 수가 없었다면 소리를 차단했다는 것 아닙니까?"

"저도 그렇게 판단을 했습니다. 남궁 대협이나 소가주가 저도 듣지 못할 정도로 목소리를 차단할 내공이 없으니 그 청년의 짓이라고 봐야 했지만 겉으로 느껴지기에는 무공이 그리 높아 보이지는 않았습니다."

하후광적은 호기심이 생겼는지 자세를 고쳐 앉으며 다시 물었다.

"자리에 앉아 대화를 나누기 전에 잠깐 무공을 시험했다고 하지 않습니까?"

"예. 제가 은밀하게 살짝 실력을 시험했는데 이상하다 싶을 정도로 모른 척했습니다. 그래서 무공이 강한 것인지 아니면 제가 단지 시험만 한다는 것을 알고 방비를 하지 않은 것인지는 알 수가 없었습니다."

"역 호법의 공격을 아예 감지조차 못했을 수도 있겠습니까?"

"음…… 아닙니다. 제 느낌으로는 분명 제가 손을 쓰는 것을 알고 있었습니다."

"시험인지 알고 방비를 하지 않았다면 그것 역시 무공이 강하다는 반증이 아니겠습니까?"

"저도 그런 생각을 하지 않은 것은 아닙니다. 하지만 그렇다면 그 청년의 무공이 최소한 저와 동급이거나 오히려 한 수 위일 수도 있는데 그러기에는 나이가 너무 젊었습니다."

만패불패라고 일컬어질 정도로 누구보다도 많은 생사결을 하고 각양각색의 무공을 상대해 본 그였다. 실지로 무림 제일 고수로 추앙받는 하후광적조차도 하루 밤낮은 싸워야 승패를 가를 수 있는 초절정 고수가 바로 그였다.

고개를 끄덕인 하후광적은 다시 물었다.

"그가 누구인지를 어떻게 알고 조사를 하신 겁니까?"

"생각 외로 그리 어렵지는 않았습니다. 그 청년이 입도할 때 탄 배를 찾았는데 본 맹의 쾌속선을 타고 들어왔더군요."

"본 맹의 쾌속선을 탔다면 누군가 그의 신원을 보증했다는 말입니까?"

"무호단의 남궁초 대주가 남궁 대협과 남궁 소가주를 마중 나갔다가 우연히 그를 보고 같이 들어오게 되었다고 합니다."

"그럼 남궁세가에서 그자의 신원을 보증해 줬다는 말입니까?"

만약 그게 사실이라면 그와 남궁 세가와의 관계는 예상보다 더 가까운 사이라고 봐야 했다. 만약 보증을 선 자가 첩자이거나 무림맹에 해를 끼치는 행동을 할 경우 그 피해는 온전히 보증해 준 문파가 져야 했기 때문이었다.

그래서 혈맹에 준하는 자가 아니라면 절대 보증을 서 주지 않는 것이 무림세가였다.

"맞네. 남궁 대협이 직접 보증을 한다고 했다더구나."

인지화는 이해할 수 없다는 듯 고개를 저었다.

그러자 하후광적이 말했다.

"남궁세가에서 그 청년이 누구인지에 대해 말하던가요?"

"아닙니다. 그 청년과 먼저 대화를 나눈 친구가 따로 있었습니다. 양철웅이라고 남궁초 대주가 이끄는 무호대의 대원이었습니다. 그와 그 청년이 매우 친하게 보였다는 말을 듣고 그를 조사해서 알게 되었습니다."

"양철웅은 누구인지 알아냈습니까?"

"예, 양가장에서 파견된 대원으로 신원은 확실하게 보증된 자였습니다. 그에게 알아본 결과 그 청년의 이름은 진무성이고 가욕관에서······."

역도수는 양철웅에게 들은 진무성의 신상 정보에 대해 소상히 설명했다.

하지만 그의 말을 들은 하후광적과 인지화는 오히려 혼란스러웠다.

양철웅이 전해 준 말이 액면 그대로 사실이라면 전혀 관심을 가질 이유가 전혀 없었기 때문이었다.

하나 그렇게 되면 남궁세가의 장로와 소가주가 공손하게 대했다는 것이 말이 안 되기는 마찬가지였기 때문이었다.

"삼 년 전까지 가욕관의 군관이었다가 구문제독부의 오십부장으로 영전이 되었다면 무림과는 전혀 연관이 없다는 말 아닙니까?"

"양철웅도 직접 그를 본 것은 삼 년 전이고 황도로 옮긴 다음에는 본 적이 없다고 했습니다. 그래서 군사부에 황도에서 진무성이란 자에게 어떤 일이 있었는지 알아봐 달라고 부탁한 것입니다."

"역 호법."

"예, 맹주님."

"그 청년에게서 무엇을 느꼈기에 이렇게까지 하신 것인지 말해 주실 수 있겠습니까?"

하후광적이 아는 역도수는 어떤 개인에게 이렇게까지

신경을 쓰는 사람이 아니었다. 수상하게 느꼈다면 그냥 무림맹에 보고만 해도 알아서 진무성이란 자에게 대해 조사를 진행할 것이기 때문이었다.

그럼에도 그가 직접 이렇게 직접 움직였고 군사부에게 부탁까지 했다는 것은 극히 예외적인 일이었다.

역도수는 정곡을 찔려서인지 아니면 말을 하기 어려워서인지 즉답을 하지 못하고 잠시 멈뭇거렸다.

"……그게……."

"말하기 어려우시면 안 하셔도 됩니다."

"아닙니다. 말씀드리겠습니다. 그에게서 절대자의 기도를 보았습니다."

역도수의 말은 실로 엄청난 발언이었다. 그의 무공과 연륜 그리고 경험에 비추어 볼 때 그것은 사실일 확률이 높았기 때문이었다.

무림의 절대자로 불리는 열 명의 고수들. 그들은 수십 년 동안 무림의 질서였다.

물론 단목환 같이 다음대 절대자를 예약했다는 말을 듣는 자들은 여러 명 있었다. 하지만 이미 젊은 나이에 절대자의 기도를 보인 사람은 단연코 없었다.

그리고 그 말은 무림의 기존 질서에 금이 가고 있다는 의미이기도 했다.

"맹주님, 제갈 군사님께서 만남을 청하셨습니다."

심각한 표정으로 생각에 잠겨 있던 그들은 제갈장우가 만남을 청했다는 말에 의아한 표정으로 서로를 보더니 말했다.

"들어오라 해라."

안으로 들어선 제갈장우는 하후광적과 역도수에게 포권을 했다.

"역 호법님께서 이곳에 계신다는 말을 듣고 급히 달려왔습니다."

"지금 시각이 삼경에 가까워졌는데 나를 찾아서 여기까지 왔다는 것인가?"

역도수는 의아한 표정으로 물었다.

"어차피 맹주님께도 보고드려야 할 사안이라고 판단했습니다."

매일 아침 보고를 하기 위해 하후광적을 찾는 그였기에 이 늦은 시각에 찾아온 것은 분명 중요한 일이 벌어졌음을 말하는 것이었다.

"말해 보게."

"역 호법님께서 제게 알아보라고 한 진무성이라는 오십부장에 대한 조사서가 도착을 했는데 이게 아주 수상합니다."

"내가 부탁을 한 것이 겨우 나흘밖에 안됐는데 벌써 조사가 끝났단 말인가?"

"황도에 있는 개방과 본 맹의 분타에서 이미 진무성에 대해 조사를 해 둔 것이 있었다고 합니다. 황도에서는 꽤 이름이 많이 알려져 있었던 모양입니다."

"일개 오십부장이 황도에서 이름이 알려졌단 말인가?"

"저도 매우 특이하다는 생각하에 좀 더 자세히 알아보라고 명을 내려 두었습니다. 그런데 우선 보내온 조사서만으로도 매우 특이한 정황이 발견이 되었습니다……."

제갈장우는 무림맹 분타와 개방에서 보내 준 조사서를 분석한 내용을 천천히 보고하기 시작했다.

그리고 보고를 듣던 모두의 표정이 변하기 시작했다. 특히 황도에서 일어나서는 안 될 혈겁이 여러 차례 일어났고 동창에서 그 혈겁을 벌인 자들이 마교라고 공표한 것에 관심을 가졌다.

"동창과 금의위 거기다 구문제독부까지 시퍼렇게 눈을 뜨고 감시를 하는 황도에서 그런 사건이 계속 일어났다니 이상하기 하군. 그런데 그게 진무성이라는 오십부장하고는 연관이 있다는 말인가?"

"양철웅 대원에게 얻은 정보를 바탕으로 가욕관에도 알아보았는데 진무성은 거기서도 불사신이라고 통할 정도로 유명했다고 합니다."

"전쟁에 여러 차례 출전했음에도 죽지 않으면 불사신이라고 불리게 되는 것은 자주 있는 일이 아닌가?"

"보통 전쟁에서 열 번 정도 출전했음에도 죽지 않으면 그 공을 인정해 제대를 시키거나 안정된 부대로 전출을 시키는 것이 불문율이라고 합니다. 그런데 그는 전쟁에 투입된 것이 무려 삼십여 차례라고 합니다. 무공을 모르는 군인이라면 아무리 운이 좋다 해도 불가능한 확률입니다."

"그럼 군사는 그가 무공을 알고 있었다고 생각한단 말인가?"

"예, 저는 그래야만 된다고 판단했습니다. 또 이상한 것은 그가 양가 출신인 양기율 천부장과 황도로 돌아간 이후입니다."

"……"

잠시 말을 멈춘 제갈장우는 이번에는 아무도 묻지 않자 다시 자신의 생각을 이어 갔다.

"진무성이 황도에 들어간 것이 삼 년 전이고 그가 떠난 시기는 이 년 전입니다. 그런데 여기에 매우 이상한 일치점이 나타납니다. 방금 제가 보고드린 모든 사건들이 그가 황도에 있던 일 년간 일어난 사건이라는 점입니다."

"그렇게 따지면 용의자는 수십 명에 달할 걸세."

"물론 그렇게 생각할 수도 있습니다. 하지만 그가 떠난 후 더 이상 그런 혈겁이 일어나지 않았다면 우연으로 치기에는 너무 공교롭다고 생각했습니다."

"젊은 나이에 오십부장이나 돼서, 황도를 떠난 이유는 무엇이었느냐?"

"자세한 내막은 알 수 없지만 권력 다툼에 휘말리며 군에서 쫓겨났다고 합니다. 그런데 그 시점에서 이상한 점이 또 있습니다."

"황도를 나온 후 말인가?"

"예, 그가 황도에서 쫓겨난 후, 정확히 삼 개월이 지난 후부터 호남 남부에서 혈겁이 벌어지기 시작했다는 것입니다. 황도에서 호남의 최남단까지 천천히 움직인다면 삼 개월이 걸립니다."

"군사는 그럼 진무성이 창룡이라고 생각한다는 말인가?"

"몇 가지 이해가 안 되는 점이 있긴 합니다만 정황상 의심할 만하다는 분석을 내렸습니다."

제갈장우의 말을 조용히 듣고 있던 하후광적이 무겁게 입을 열었다.

"군사는 이따금 말이 안 되는 분석을 내놓곤 했지. 하지만 시간이 좀 지나 보면 신기하게 그 말이 안 되는 분석이 맞는 경우가 상당히 많았어."

제갈장우는 칭찬하는 말은 아니라는 것을 직감했다.

"제 분석이 말이 안 된다고 생각하시는 이유를 저도 알고는 있습니다."

"알고 있다니 내가 그렇게 생각하는 이유가 뭔지 말해 보겠나?"

하후광적의 부언에 제갈장우는 조심스럽게 입을 열었다.

"진무성이란 자를 의심하면서도 가장 이해가 안 되는 부분이 그가 무공을 배울 기회가 없었다는 점이었습니다."

"맞다. 창룡의 무공은 그냥 단지 배운다고 되는 정도가 아니다. 수십 년을 고련을 쌓아야 가능한 경지다. 만약 천고의 기연을 얻어 전설로나 언급되는 기이한 영초를 먹는다 해도 수년 간의 수련이 뒷받침이 되어야 한다는 것은 상식이 아니더냐? 그런데 진무성이란 오십부장은 그 행적을 보면 그럴 시간이 전혀 없었다."

"저도 그것을 알면서도 그일지도 모른다는 생각을 하게 된 것은 어차피 그 나이에 그런 무공을 가지고 있다는 자체가 수수께끼이기 때문이었습니다."

제갈장우의 말에 하후광적도 즉답을 하지 못하고 잠시 입을 닫았다.

제갈장우 말대로 창룡의 무공이 태어나면서부터 수련을 했다 해도 이룰 수 없는 경지라면 수련을 할 시간이 있고 없고는 어차피 중요하지 않을 수도 있었기 때문이었다.

"그럼 어찌했으면 좋겠느냐?"

"진무성이라는 자에 대해 좀 더 조사를 해 보고 싶습니다."

"알았다. 허락하마."

"감사합니다."

하후광적은 역도수를 쳐다보았다.

"역 호법께서는 혹시 그가 다시오면 저와 만날 수 있도록 해 주십시오."

"그렇게 하겠습니다."

* * *

동정호의 송림은 아주 거대했다.

그 넓이만도 성도 몇 개의 크기였고 나무가 너무 우거져서 모르는 사람이 잘못 들어갔다 가는 빠져나오지 못하고 죽을 수도 있어 죽음의 송림이라는 말까지 있을 정도였다.

그렇게 빽빽한 송림 안에도 자그마한 공터는 존재했다. 마치 인위적으로 만든 것 같았지만 자연적으로 형성된 장소였다.

"정 형을 믿기에 무조건 승낙하고 오기는 했지만 도대체 어떤 분인지 정말 궁금하이."

동정어옹 정태삼과 수십 년지기인 대천도수 문일기는 매우 기대된다는 표정으로 말했다. 그가 아는 동정어옹은 절대 누군가의 밑으로 들어갈 사람이 아니었기 때문이었다.

자존심이나 어딘가에 매이기 싫어 그런 것이 아니라 사람들을 돕는 것에 방해를 받기 싫어서였다.

그런 그가 인생의 마지막을 맡겨 보고 싶은 사람이 생겼다며 같이하자며 찾아온 것이었다. 그런데 그가 누구인지 아직도 말해 주지 않고 있었다.

"약속 시간이 아직 좀 남았으니 조금만 기다리시게. 신하가 주군을 직접 언급하는 것은 도리가 아니지 않겠나?"

대천도수는 스스로 자신을 신하라 칭하고 조금의 주저도 없이 주군이라 하는 것을 보며 점점 신기하다는 생각을 했다.

"자네가 이러니까 내가 더 궁금하다니까? 천하의 동정어옹을 이렇게 변화시킨 분이 도대체 어떤 사람일까?"

"그건 그렇고 선배님들은 그 소문 들었습니까?"

등운객 반천수가 대화에 끼어들었다.

"무슨 소문?"

"대무신가가 마교랍니다. 심지어 구마종까지 새로 키웠는데 그중 한 명인 장마종이 악양에 나타났다는 소문 말입니다. 소문에 의하면 진짜 구마종에 버금갈 정도로 무공이 강했다고 하더군요."

"나도 듣기는 들었네. 창룡에게 죽었다고 하던데, 좀 이상해."

"뭐가 말입니까?"

"소문의 근거가 너무 빈약해. 장마종이란 자를 직접 본 사람이 없잖은가? 거기다 소문이 퍼지기 시작한 것도 하루도 안 됐는데 이미 악양을 다 퍼졌어. 내가 보기에 누군가 의도적으로 소문을 퍼뜨린 것 같아."

대천도수의 말에 동정어옹은 미소를 지으며 말했다.

"그 소문은 사실이네."

"예?"

"정 형이 그게 사실인 것을 어떻게 장담해?"

둘은 깜짝 놀라 되물었다. 그런데 주위에서 서로 담소를 나누던 자들도 그 말을 듣자 모두 동정어옹 옆으로 다가왔다.

"정 선배 그 소문이 사실이라니 정말입니까?"

"우리도 지금 그 얘기를 하던 중인데 정 형은 이미 알고 있다는 듯 말하네, 뭐 아는 것 있어?"

동정어옹에게 다가온 자들이 한마디씩 물었다.

동정어옹은 슬쩍 동정조옹과 동정수옹을 보더니 조용히 입을 열었다.

"지금 무림은 백척간두(百尺竿頭)의 위기에 놓여 있다네. 이제 곧 자네들도 알게 될 걸세."

이십여 명의 노인들은 두루뭉술하게 말하는 동정어옹의 말이 절대 허언이 아니라는 것을 직감하고는 표정이 굳어졌다.

진짜 대무신가가 마교이고 전설의 구마종이 다시 재현한다면 무림이 피바다가 되는 것은 시간 문제였기 때문이었다.

그런데 마교의 출현과 구마종 중 한 명인 장마종 재출연 그리고 그가 창룡에 의해 죽었다는 것은 어떻게 이리 빨리 소문이 퍼진 걸까?

그것은 당연히 진무성의 의도적으로 퍼뜨린 것이었다.

역시 대무신가에서 그를 찾아오게 하기 위한 그의 계책이었다.

어찌 보면 무모하다고 할 정도로 위험한 계획이었지만 진무성은 그렇게 하여 각개격파하는 것이 오히려 피해를 줄이고 수월하게 그들의 전력을 줄여 나갈 최선이라고 판단했다.

그리고 그 소문은 지금 이 시간에도 하오문의 정상회를 통해 사실로 굳어지며 빠르게 천하 각지로 퍼져 나가고 있었다.

빠직!

나뭇가지가 밟히는 소리에 모두의 고개가 한 곳으로 향했다. 그리고 곧 모두의 표정이 미묘하게 변했다.

흑의를 입은 커다란 덩치의 청년이 공터 안으로 들어선 것이다. 그런데 겨우 일 장 반 정도 되는 공터 안에 들어와 소리를 냈지만 소리가 난다면 숲속을 지나올 때 났어야 하는 것이 먼저여야 했기 때문이었다.

일부러 소리를 냈다고 생각할 수 있는 부분이었다.

더욱이 이렇게 가까이 올 때까지 그들은 전혀 눈치를 채지 못하다가 소리가 난 다음에 알게 되었다는 것은 청년의 무공이 어쩌면 그들을 상회할 수 있다는 의미이기도 했다.

의아한 표정을 짓던 모두의 표정이 점점 굳어졌다. 청년의 몸에서 강대한 기도가 뿜어져 나오고 있었기 때문이었다.

그들의 표정은 곧 경악으로 변했다.

동정삼옹이 청년의 앞으로 다가가더니 넙죽 엎드렸기 때문이었다.

"동정삼옹 주군께 인사드립니다."

이어지는 외침은 그들을 기함하게 하기에 충분했다.

동정삼옹이 그들을 설득할 때 그렇게 칭찬했던 주군이 저렇게 젊은 줄은 상상도 못 했었기 때문이었다.

진무성은 모두를 한 번 훑어봤다. 모두 이십일 명이었다.

"이렇게 뵙게 되어 반갑습니다. 전 천의문의 문주인 진무성이라고 합니다."

모두는 이름을 듣자 고개를 갸웃했다. 나이가 젊어 보여도 반로환동한 고수일지도 모른다고 생각한 사람도 있을 정도였다. 그런데 포권하는 행동이 분명 젊었고 이름 역시 전혀 들어 본 적이 없었다.

하지만 그의 몸에서 풍기는 기도는 분명 대단했다.

"뭐하나? 빨리 인사 안 드리고!"

동정조옹의 짐짓 힐책하듯 말하자 모두는 급히 포권을

했다.

"문주님께 인사드립니다."

모두 공손은 했지만 동정삼옹과의 친분 때문일 뿐, 진무성에 대한 충성은 보이지 않았다. 그것은 어쩌면 당연한 일이었다.

진무성은 모두의 눈을 한 명씩 맞춰 나갔다. 그 사람의 속을 알아보는 데는 눈동자만큼 확실한 것이 없기 때문이었다.

모두의 눈을 마주친 진무성은 만족한 듯 고개를 끄덕이며 다시 말했다.

"세 분 장로님과 친분이 두텁다고 들었습니다. 그래도 본 문에 들어오시겠다고 결심하기까지 쉬운 일은 아니셨을 텐데 감사할 따름입니다."

"문주님에 대해 정 형께 들은 것이 없었습니다. 좀 질문을 해도 되겠습니까?"

대천도수가 모두의 의아함에 대해 창대를 매고 조심스럽게 나섰다.

"말씀하십시오. 이럴 경우 무엇보다도 서로 간에 진정성있는 신뢰가 아주 중요하니까요."

대천도수는 동정삼옹을 슬쩍 보았다. 하지만 그들 역시 어떤 질문이라도 하라는 듯 미소를 지으며 고개를 끄덕였다.

"정 형께 어느 정도 듣기는 했지만 문주님께서 직접 듣고 싶습니다. 천의문이 지향하는 바가 무엇인지부터 듣고 싶습니다."

"천의(天意), 글자 그대로 하늘을 뜻을 따르자는 것입니다. 민심은 천심이라는 말이 있습니다. 민(民)과 천(川)은 동의어는 아니지만 일맥상통한다고 생각합니다. 그래서 천의문이 지향하는 것은 민의, 즉 양민들의 삶을 위해 일할 생각입니다."

모두의 표정이 살짝 풀어졌다. 동정어옹은 물론 그들 역시 무림인이지만 양민들을 위한 삶을 살고 있었기 때문이었다.

그래서 무림에 상당한 명성을 가지고 있음에도 어떤 세력에도 속하지 않은 독행(獨行)을 하고 있었다.

"구체적으로 어떻게 하실 생각이신요?"

"우선 양민들을 괴롭히는 자들을 없애려고 합니다."

"문주님께서도 아시겠지만 양민들을 괴롭히는 자들은 너무 많습니다. 힘과 세력이 뒷받침이 되지 않는다면 그 목표는 공허한 공염불일 뿐입니다."

그의 말은 경험에서 우러나온 진실이었다.

정파인이 끼어 있어서 건드리지 못한 경우도 많았고 괴

롭히는 자들의 힘이 너무 강해서 애써 모른 척한 적도 있었다. 그리고 왜 양민들이 괴롭힘을 당하는지를 알아내는 것도 세력이 없으면 절대 쉬운 일이 아니었다.

그들 역시 그들이 있는 한정된 지역에서만 약간의 도움을 주는 정도였다.

"힘은 충분합니다. 세력은 여러분들께서 도와주신다면 그것이 세력이 아니겠습니까?"

"무림의 다른 세력들과 영역 다툼을 하시거나 하는 일이 생긴다면 어찌하실 생각이십니까?"

아무리 좋은 이유로 만들어졌다 해도 주위의 다른 세력과 마찰이 생긴다면 뜻을 펴 보지도 못하고 사라지는 경우는 비일비재했다.

"절대로 저희를 건드리는 세력은 없을 것입니다. 그리고 만약 그런 일이 벌어진다면 일벌백계로 확실하게 경고를 해야겠지요."

모두에게 당황한 표정이 나타났다.

"문주님께서 지금 하신 말씀이 얼마나 광오하신 말씀인지는 아시는지요?"

"힘이 뒷받침되지 않은 큰 소리는 만용이자 광오하다는 말을 듣기 십상이지요. 그러나 힘이 있다면 그것은 질서가 됩니다."

순간 모두는 자신도 한 발짝 뒤로 물러섰다. 진무성의 몸에서 지금까지와는 비교도 할 수 없는 엄청난 기가 뿜어져 나왔기 때문이었다.

그것은 그들로서는 감당하기 어려울 정도로 거대했다. 내공으로 펼쳐진 힘의 기가 아니라 저절로 고개를 숙이게 만드는 절대자의 기도였다.

'이거였구나…… 동정삼옹께서 스스로 신하를 자청했다 하더니 이유가 있었어.'

대천도수는 떨리는 가슴을 심호흡으로 안정시키며 공손하게 되물었다.

"무림에서 문주님을 뭐라고 부르는지 알 수 있겠습니까?"

대천도수는 진무성이 무명일 리가 없다고 확신했다.

"무림인들은 저를 창룡이라고 부르더군요."

순간 공터는 침묵으로 빠져들어갔다.

바람이 불고 나뭇잎이 흔들리는 소리만이 그들 주위를 감돌뿐이었다.

* * *

악양에서 시작된 지금까지와는 차원이 다른 엄청난 소

문이 사방으로 퍼져 나가기 시작했다.

하늘에는 수많은 전서구들이 어디론가 날아갔고 지상에서는 소문을 전하기 위해 수십 명이 넘는 무림인들이 말을 달렸다.

천년마교의 등장을 알리는 소문은 무림은 물론 양민들까지 경악하게 하기에 충분했다.

더욱이 천 년 전에 사라진 후, 이름조차도 언급하지 않았던 구마종의 재등장은 모두를 공포에 떨게 할 수밖에 없었다.

그러나 동시에 구마종의 일원인 장마종을 죽였다는 창룡에 대한 소문은 공포에 떠는 사람들에게는 한 가닥 빛이 될 수밖에 없었다.

이미 창룡을 신인(神人)으로 묘사하던 호사가들은 이제 아예 세상을 구할 구성(求聖)으로 부르고 있었다.

어느새 진무성은 독보적인 영향력을 가진 정파의 구심점이 되어 가고 있었다.

10장

"우리만 알고 있던 정보가 어떻게 사방으로 퍼진 것인지 알아보셨습니까?"

단목환의 질문에 독행개는 곤혹스러운 표정으로 답했다.

"저희도 놀라서 소문을 막아 보려 했지만 어찌나 빨리 소문이 퍼지는지 막을 도리가 없었습니다."

"소문의 진원지도 알아내지 못하셨습니까?"

"소문을 퍼뜨린 자는 찾아내지 못했지만 여러 곳에서 다발적으로 퍼져 나간 것은 확인이 되었습니다."

"그럼 누군가 의도적으로 퍼뜨렸다는 겁니까?"

"본 방에서는 그렇게 판단하고 있습니다."

독행개의 결론에 단목환은 이해가 안 간다는 듯 당영을 쳐다보았다.

"당 단주님께서는 어떻게 생각하십니까?"

입술을 꾹 다물고 심각하게 듣고 있던 당영은 단목환의 말에 조심스럽게 의견을 말했다.

"그것을 아는 사람은 극소수였네. 그렇다면 그것을 아는 누군가가 소문을 냈다고밖에 설명할 길이 없지 않겠나?"

당영의 말에 단목환은 고개를 끄덕였다. 사실 그도 누군가가 일부러 소문을 냈다는 심증을 가지고 있었다. 하지만 그 말을 그의 입으로 할 수는 없었다.

그런데 당영이 먼저 언급을 했다. 그것은 다른 사람들도 그와 비슷한 생각을 하고 있었다는 의미가 아니겠는가······.

그렇다면 그럴 사람이 누구일까?

모두는 한 사람을 뇌리에 떠올리고 있었지만 누구도 그를 언급하지 못했다. 그만큼 머리에 떠오른 사람이 함부로 입에 담을 수 없을 정도로 거물이 되었다는 의미였다.

단목환은 제갈세가에서도 뭔가 의견을 주기를 바랐지만 아무 말도 하지 않자 표정이 굳어졌다.

이곳에 있는 사람들은 모두 무림맹에 소속이 된 문파들로 그에게는 모두 아군이라고 할 수 있었다. 하나 저번에 진무성을 만났을 때, 이들이 진무성의 편인가 하고 의아해했던 기류가 다시 느껴지고 있었다.

'아무래도 공주와 검주를 만나야겠어. 진무성이 소문을 낸 것이 사실이라면 그 이유를 알아야 돼.'

단목환은 암묵적으로 비밀로 하기로 했던 마교와 구마종에 대한 소문을 낼 수 있는 사람은 진무성밖에 없다고 판단한 것 같았다.

하지만 그가 의논하려고 하는 백리령하와 곽청비도 이번 소문으로 황당해하기는 마찬가지였다.

* * *

"곽 검주가 웬일로 연락도 없이 온 거야?"

백리령하와 대화를 나누고 있던 검노는 곽청비에게 포권을 하고는 밖으로 나갔다.

"소문 들었지?"

"안 그래도 방금 검노와 그 얘기를 하던 중이었어."

곽청비의 아미가 살짝 좁아졌다. 백리령하는 알고 있으리라 생각했는데 그녀 역시 모르고 있었다는 것을 알았기 때문이었다.

"대무신가가 마교일지도 모른다는 추측과 구마종 중의

한 명인 장마종의 무공을 쓰는 자가 나타났다는 것을 아는 사람은 그때 모였던 몇 사람뿐이야. 그런데 그게 순식간에 퍼졌어. 누가 그랬을 것 같아?"

"내가 무슨 말을 하기를 바라는 거야?"

"바라는 것이 아니라 누가 그랬을지를 추측해 보라는 거야."

"검주는 이미 누구라고 확신을 하고 온 것 같은데 왜 나한테 묻는데?"

"확신을 못하니까 공주의 의견을 물으러 온 거잖아? 나는 해야 할 말을 한 것 같은데 그렇게 까칠하게 받는 것을 보니까 공주도 누가 그런 건지 이미 짐작을 하고 있나 보네?"

"그래! 진무성, 그 사람이 한 짓은 아닌가 생각했다. 왜?"

"왜?"

"왜라니 무슨 뜻이야?"

"왜 진무성 그 사람의 짓이라고 생각했냐고?"

"그 사람이 한 말 생각나?"

"무슨 말?"

"자신이 미끼가 돼서 그들을 유인해서 각개격파로 없애겠다고."

"그럼 그 소문이 미끼가 되기 위해 그랬다고 생각하는 거야?"

"그 이유 아니면 다른 이유가 뭐가 있겠어? 다른 사람이 그런 소문을 낼 이유는 더 없잖아?"

곽청비의 표정이 살짝 구겨졌다. 그녀 역시 같은 생각을 했었다. 그래서 확인을 해 볼 생각이었는데 백리령하에게 자신의 생각과 같은 말을 들으니 확신이 든 것이다.

"그 사람은 우리와 의논하기로 해 놓고 왜 이렇게 중요한 일을 혼자 마음대로 한 거지?"

곽청비의 말을 들은 백리령하는 '쟤가 왜 저러지?' 하는 표정을 지으며 그녀를 쳐다보았다. 분명 마음대로 행동을 했다고 불평을 하고 있지만 묘하게 걱정을 하는 것처럼 느껴졌기 때문이었다.

"그래서 지금 그 사람을 성토하는 거야?"

"뭐?"

"우리와 의논하지 않고 마음대로 세상에 알린 것을 성토하는 거냐고?"

"이게 무슨 성토야? 소문을 내더라도 우리에게 의논은 한 번 하고 냈었으면 더 좋았을 것이다 라는 거지."

"……?"

백리령하가 확실히 수상하다는 듯 미묘한 표정으로 쳐

다보자 곽청비는 얼굴이 살짝 붉어지며 물었다.
"그 표정은 뭐야? 왜 그렇게 보는 건데?"
"너 진 형 걱정을 하는 거야?"
"뭐? ……내가 왜 그 사람 걱정을 해?"
"그러니까! 곽 검주 성격상 누구를 걱정하는 것은 좀 맞지 않지?"
"내 성격이 어때서!"
곽청비가 발끈하며 따지듯 말하자 백리령하는 고개를 저으며 입을 닫았다.
오늘도 그녀들의 대화는 이상한 쪽으로 흐르고 있었다.

* * *

"수고하셨습니다. 이번에 들어오신 분들 모두 좋은 분들 같더군요."
삼원루 진무성의 방에 모인 동정삼웅은 그의 격려의 말에 고개를 숙였다.
"그 친구들 자존심이 매우 강합니다. 그런데 모두 주군 앞에 엎드리는 것을 보며 사실 저희도 놀랐습니다."
동정수웅 하문계의 말에 소동표가 부언했다.

"오늘 저도 깜짝 놀랐습니다. 그런데 주군의 신위가 저번 보았을 때보다 훨씬 높아지셨는데 무슨 일이 있으셨습니까?"

"장마종이라는 자와 싸운 후에 깨달은 점이 좀 있었습니다."

"그럼 지금 퍼지는 소문이 그냥 소문이 아니라 진짜였군요?"

"제가 장로님들께 죄송한 말씀을 드려야 할 것 같습니다."

"죄송이라니요? 그런 말씀하지 마십시오."

정태삼이 손사래를 치며 말하자 진무성은 아니라는 듯 고개를 살래살래 저으며 부언했다.

"제가 장로님들께 문도들을 모아 달라고 했을 때는 양민들을 괴롭히는 흑도들을 소멸하는 데 최우선을 두려고 했습니다. 그 와중에 혈사련이나 암흑무림과 부딪칠지도 모른다는 것까지는 어느 정도 예상을 했습니다. 그런데 뜻하지 않게 구마종이 나타났습니다. 그들의 힘은 현 무림의 어떤 세력보다 강합니다. 그리고 저와는 양립할 수 없는 원한 관계를 가졌습니다."

"저희는 이미 살 만큼 살았습니다. 그리고 이번에 저희와 합류한 친구들도 목숨을 잃는 것을 두려워하지 않습니다. 그리고 마교라면 무림인으로서 당연히 싸우는 것이 당연합니다. 그리고 주군 덕에 저희들이 더 안전할 수도 있지 않겠습니까?"

"맞습니다. 어차피 천년마교가 다시 등장한다면 누구도 안전할 수 없습니다. 주군을 따라 천의문이 마교를 막는 최선봉에 설 것입니다."

"장로님들께서 이렇게 말해 주시니 저로서는 감사할 따름입니다."

진심 어린 진무성의 감사에 동정삼옹은 급히 엎드리며 말했다.

"저희는 이미 주군께 모든 것을 맡겼습니다. 죄송이니 감사니 하는 말은 하지 말아 주십시오."

"이러지 마시고 일어나십시오. 제가 거북합니다."

진무성이 급히 두 손을 올리자 그들의 몸이 동시에 펴지며 일어서고 말았다.

이미 진무성의 무공에 대해 어느 정도 알고 있던 그들이었지만 세 명의 초절정 고수를 동시에 세우는 경악할 내공에 감탄의 눈을 뜰 수밖에 없었다.

모두가 다시 자리에 앉자 진무성은 종이 한 장을 건넸다.

"이것이 무엇입니까?"

"절강에 세워지고 있는 천의문의 임시 총단입니다. 오늘 합류하신 분들과 함께 이곳으로 가서 합류해 주십시오."

"알겠습니다. 그런데 주군은 언제 오실 예정이십니까?"

"악양에서 할 일이 거의 끝나 가고 있습니다. 머지않아 저도 합류할 생각입니다."

"그럼 오늘 출발하겠습니다."

동정삼옹이 떠나자 진무성은 창가로 다가갔다.

'지금쯤이면 장마종이 죽었다는 사실이 대무신가에 알려졌을 거야. 이제 기다리기만 하면 되나?'

진무성은 장마종과의 싸움 이후 대무신가를 끌어들여 싸우는 것이 매우 위험하다는 판단을 했다. 하지만 보신(保身)을 위해 계획을 바꿀 생각은 없었다.

* * *

동굴 안이라고 보기 어려울 정도로 밝은 방.

커다란 대리석 탁자를 앞에 두고 한 노인이 앉아 있었다. 그의 앞에는 수십 장의 서류가 쌓여 있었다.

창룡이 등장한 후, 그의 계획이 계속 차질을 빚자 대무신가까지 임시 가주 체제로 바꾸고 초인동으로 들어온 그는 창룡을 죽이기 위한 계획을 새롭게 짜기 시작했다.

그때, 문이 열리며 두 명의 노인이 들어왔다.

그들은 사공무경을 보자 부복을 했다.

"왔느냐?"

"예."

대답한 노인은 십만대산으로 떠났던 사공무혈이었다. 사공무경은 또 다른 노인을 보며 물었다.

"너도 보고할 것이 있느냐?"

그는 초인동의 동주인 사공무일이었다.

"악양에서 이상한 소문이 퍼지고 있다는 보고가 들어왔습니다."

대무신가와 초인동은 모두 사공무경의 지배를 받고 있었지만 조직 체계는 완전히 달랐다.

대문신가는 악양의 정보망이 진무성에게 대부분 무너졌지만 놀랍게도 초인동 역시 그들만의 정보망을 가지고 있었다.

"이상한 소문? 중요한 것이냐?"

사공무일은 말하기가 매우 거북한 듯 머뭇거리며 보고를 시작했다.

"그. 그게…… 대무신가가 천년마교의 후신이며 구마종까지 부활시켰다는 소문입니다."

사공무일의 보고를 듣던 사공무경의 검미가 확 좁아졌다.

"그게 어떻게 소문이 났다는 거냐? 더듬거리지 말고 빨리 말해라."

"저도 어찌 된 일인지 아직은 알지 못합니다. 다만 장마종이 창룡의 손에 죽었다는 소문도 같이 퍼지고 있다 합니다."

쾅!

순간 거대한 대리석 탁자가 순식간에 가루로 변해 버렸다. 사공무경이 장마종이 창룡에게 죽었다는 말에 분노를 참지 못하고 탁자를 주먹으로 내려쳤기 때문이었다.

어떠한 상황에도 마음이 흔들린 적이 없던 그가 이렇게 화를 낸 것은 평생 처음이라고 해도 과언이 아니었다.

"또 창룡이란 말이냐!"

"그놈이 아무리 강하다 한들 장마종을 죽일 수는 없을 것입니다. 저는 헛소문이 분명하다고 생각합니다."

"진짜 헛소문이면 장마종이 소문이 퍼지자마자 연락을 했을 것이다. 장마종에게 연락이 왔더냐?"

"아, 아직 연락은 받지 못했습니다."

'분명, 장마종은 육십 살 이상 살 수 있는 사주를 타고났거늘 어찌 죽는단 말인가…… 도대체 그놈이 누구이기

에 사주까지 바꾼단 말인가?'

 사공무경의 표정이 일그러지기 시작했다. 장마종이 죽은 것보다 그의 예측이 틀렸다는 것이 더욱 그를 분노케 하고 있었다.

 분노를 간신히 진정시킨 사공무경은 사공무혈을 보며 물었다.

"구유마종이 뭐라고 하더냐?"

"창귀에 대해 듣더니 마교와는 상관이 없는 자라고 했습니다. 제가 보기에도 모르는 것은 분명해 보였습니다."

"그놈이 창마종의 창술을 사용하고 마교에 있던 조화신병까지 가지고 있었다. 그런데 모른다는 것이 말이 되느냐?"

"저도 가주님의 뜻을 알리고 분명 연관이 있을 것이라고 얘기했습니다. 그래서 마교의 모든 서류를 다 뒤지며 연관 관계를 찾느라 시간이 지체가 되었습니다."

"그래서 알아낸 것이 있느냐?"

"창귀에 대해서 알아낸 것은 없었습니다. 다만 조화신병에 대한 기록이 있었습니다."

"뭐라고 되어 있더냐?"

"조화신병의 마지막 소지자가 마노야라고 했습니다."

"마노야라고?"

사공무경은 눈이 휘둥그래졌다. 놀랍게도 그는 마노야까지 알고 있는 듯했다.

"예, 분명 마노야라고 했습니다."

'그놈은 갑자기 사라진 걸로 아는데…… 설마 창귀 이놈이 마노야의 유전(遺傳)이라도 얻은 것일까?'

사공무경은 잠시 생각하더니 사공무혈을 보며 물었다.

"마노야에 대한 기록은 가져왔느냐?"

"마교의 역사서에서 마노야에 관한 기록은 모두 찾아서 필사해 왔습니다. 그가 마교에 끼친 영향이 커서 그런지 기록은 꽤 많았습니다. 다만 사라진 후에 대한 기록은 찾을 수가 없었습니다."

사공무혈은 책자 한 권을 꺼내 건넸다.

"너희는 내가 다시 부를 때까지 나가 있거라."

"가주님, 소문에 대해 어떤 조치를 취해야할지……"

"나가 있으리고 했다."

구마종에 대한 소문이 난 것은 대무신가에서 시작할 대계에 엄청난 악재라는 것을 잘 아는 사공무일은 조심스럽게 입을 열었다. 하지만 사공무경은 단숨에 그의 말을 끊어버렸다.

"예!"

사공무일과 사공무혈은 사공무경에게 더 중요한 뭔가

가 있다는 것을 느낀 듯 조용히 일어나 밖으로 나갔다.

사공무경은 책자를 펼쳤다.

마교의 역사서에는 마교의 치욕적인 역사는 물론 마교의 반도들에 대한 기록까지 아주 꼼꼼히 기록되어 있었다.

특히 교주는 아니었지만 지대한 공을 세운 사람은 선지자라는 호칭과 함께 마교의 교주에 준하는 특별한 취급을 받았다.

마노야는 교주가 아닌 선지자란에 기록이 되어 있었다. 그보다 더 많은 기록이 되어 있는 사람은 천마뿐일 정도로 마교에 지대한 영향을 끼친 사람이 바로 그였다.

사공무경은 기록을 천천히 그리고 자세히 읽기 시작했다. 심지어 글자 하나하나까지 다른 의미가 있지는 않을까 곱씹어가며 읽었다.

'신체만 받쳐 주었다면 마교에 새로운 역사를 쓸 수 있는 기재였는데……'

사공무경은 마노야가 실전된 마공을 복원했을 뿐 아니라 수많은 새로운 마공까지 창안했다는 기록을 보며 아깝다는 듯 중얼거렸다.

그의 능력은 무공만이 아니었다. 기록이 사실이라면 그는 어떤 한 방면이 아니라 모든 것에 통달한 실로 천년에

한 번 나타날까 말까한 대단한 천재였다.

　기록의 대부분은 그가 해낸 성과였다. 조화신병 역시 자신의 무기로 사용하기 위해서가 아니라 새로운 무기를 만들기 위한 연구를 위해 가지고 있었던 것 같았다. 하지만 그가 사라지면서 조화신병 역시 사라진 것은 틀림없었다.

　'분명 조화신병이었는데…… 이놈들이 우리에게 숨긴 것이 분명 있어.'

　장백의 눈을 통해 본 창귀의 무기는 조화신병이 확실했다. 그는 구유마종이 뭔가 숨기고 있음이 분명하다는 느낌을 받았지만 아직은 그것이 무엇이지를 알 수는 없었다.

　그렇게 계속 읽어가던 그의 눈에 이채가 나타났다.

　'이게 뭐지?'

　마지막 장을 읽던 그는 네 구절의 시를 발견했다. 시는 무척 서정적인 느낌을 주고 있었다. 사공무경이 시에 뭔가 있다는 느낌을 받은 것은 시가 나타난 것이 매우 생뚱맞았기 때문이었다.

　내용은 매우 은유적으로 쓰여 있었지만 사공무경은 어느 지역의 풍경을 묘사하는 것 같았다.

　그리고 마지막 적혀있는 기록.

[이 시를 해석한다면 나를 찾아라. 마교가 다시 천하를 지배할 수 있을 것이다.]

'이 놈이 그냥 사라진 것이 아니야…… 뭔가 안배를 하고 사라졌다는 말인데 뭐지?'

시의 내용을 몇 번을 읽었지만 사공무경은 시 안에 무슨 비밀이 있는지 알아낼 수 없었다.

그때, 갑자기 한 사건이 머리를 스쳤다.

황도에 마교가 나타났다는 동창의 공표였다.

그들을 가장 싫어하는 황도에 들어서는 것은 득보다는 실이 더 크다는 것을 마교에서도 알고 있었다. 그런데 왜 그들은 위험한 황도에 들어가야 했을까?

제황병의 소문이 돌면서 마교가 제황병 때문에 황도에 들어갔을 수도 있다는 합리적인 판단을 할 수도 있었다.

하지만 호남에서 제황병의 실체가 등장했음에도 마교가 나타났다는 말이 전혀없다는 것은 그것 역시 이유가 아니라는 판단을 할 수밖에 없었다.

그래서, 지금은 동창의 공표가 권력다툼에서 우위에 서기위해 동창이 조작한 사건이라는 소문이 퍼지면서 흐지부지 되고 말았다. 하지만 다른 세력들도 있는데 왜 동창에서 모두가 민감하게 반응할 마교를 언급했는지 그는 매우 의아해했었다.

'그래…… 그놈들이 황도를 간 것이 마노야의 유전을 찾아낸 진무성이란 놈을 찾기 위해서라 아귀가 맞아 조작이 아니라 진짜였어. 구유마종 이놈, 감히 내게 마노야에 대한 모든 자료를 보내지 않았어!'

사공무경은 마교에서 내준 자료들에서 핵심적인 부분이 빠졌다고 확신했다.

"모두 들어와라."

그의 말이 나오자마자 기다렸다는 듯이 둘이 안으로 들어왔다.

"무혈아."

"예, 가주님."

"마교에 다시 다녀와야겠다."

"다시 말입니까?"

"구유마종이 마노야에 대해 숨긴 것이 있다. 본 좌에게 거짓말을 치거나 숨긴다면 더 이상의 공조는 없다고 전해라. 공조를 유지하려면 마노야가 남긴 유지가 무엇인지 그리고 황도에 마교도가 잠입했던 목적과 있었던 일을 소상히 말해야 할 것이라고 해라."

"그렇게 전하겠습니다."

"시간이 없다. 당장 떠나라."

"예!"

말을 마친 사공무혈은 그대로 일어서더니 사라져 버렸다.

"초인동주."

"예! 가주님."

"구마종 중 누가 가장 상태가 좋으냐?"

"궁마종이 당장 출동할 수 있습니다."

"궁마종에게 구단계 초인 두명 그리고 팔단계 초인 다섯명을 붙여서 출동시켜라."

"창귀가 강하다해도 그 정도면 너무 과한 것이 아닐까요?"

"더 이상 피해는 안 된다. 과하더라도 반드시 죽일 수 있는 전력을 내보낼 수밖에 없다."

"어디로 보낼까요?"

"사망동으로 보내라."

"사망동입니까?"

사공무일은 의아한 눈으로 반문했다.

"생각해봐라. 그놈이 왜 귀가를 찾았을 것 같으냐?"

"그, 글쎄요? 저는 거기까지는 생각해 보지 않았습니다."

"본 가를 찾기위해 갔을 것이다. 그리고 거기에서 대무신가의 흔적을 찾았다. 그럼 다음 어디로 가겠느냐? 영

악한 놈이다. 지금 우리만 그놈을 쫓는 것이 아니라 그놈도 우리를 쫓고 있음이 분명하다."

"광마촌도 있고 천독곡도 있는데 사망동으로 꼭 가겠습니까?"

"무일아."

"예!"

"내가 왜 너를 외부 지휘를 시키지 않고 초인동주를 맡겼다고 생각하느냐?"

"초인동이 중요해서라고 생각했습니다."

"그래 중요하지. 넌 시킨 일은 아주 잘하지만 스스로의 판단이 중요한 자리는 맞지 않다."

한마디로 머리가 없다는 의미였다.

"죄송합니다."

"생각을 좀 해 보거라. 그놈이 지금 활동하는 곳이 악양주위다. 거기서 광마촌이나 천독곡은 너무 멀지 않느냐? 확실치도 않은데 그 먼거리를 가겠느냐?"

"당장 준비를 시켜 사망동으로 보내겠습니다."

사공무일은 머리를 조아리고는 밖으로 나갔다.

딱하다는 듯 그를 보던 사공무경은 다시 마노야가 썼다는 시를 읽기 시작했다.

'마교에서 신처럼 군림하던 마노야가 무슨 생각으로 아

무에게도 알리지 않고 사라졌을까?'

사공무경은 분명 커다란 의미가 있을 것이라고 판단할 수밖에 없었다. 그리고 창귀와 마노야간에 어떤 상황이건 연결점이 있을 것이라고 확신했다.

* * *

"떠난다고요?"

삼원루 진무성의 방에 모인 백리령하와 곽청비는 진무성이 악양을 떠난다는 말에 깜짝 놀라 말했다.

"악양은 적들을 불러들여 싸우기에는 양민들이 너무 많습니다. 싸우더라도 무림인들만 싸울 수 있는 장소로 옮기는 것이 맞다고 봅니다."

"진 대협, 설마 그것까지 염두에 두고 대무신가가 마교라는 소문을 내신 것입니까?"

심각한 표정을 짓고 있던 단목환이 말할 기회를 잡았다는 듯 물었다.

"단목 공자께서는 제가 그 소문을 냈다고 생각하십니까?"

"…… 아니시란 말입니까?"

진무성의 반문에 단목환은 혼란스러운 표정으로 되반

문했다.

"제가 먼저 물었습니다."

"……그 사실을 알고 있었던 사람은 여기 있는 분들과 무림맹과 제갈세가 그리고 개방까지 열 명이 채 안됐습니다."

"그런데 하필 저를 콕 짚으셨군요?"

"의심을 한 것은 아닙니다."

"의심하십시오."

"예?"

"단목 공자님께서는 너무 주위 분들을 믿으시는 것 같더군요."

"제가 그랬습니까?"

"여기에 계신 분들은 믿습니까?"

"당연히 믿습니다."

"왜 의심을 하지 않으십니까?"

"여기 있는 분들까지 의심을 한다면 세상에 믿을 사람이 얼마나 되겠습니까?"

"대무신가는 너무 교활합니다. 절대적으로 믿을 사람의 가면을 쓰고 상대의 경계심을 누그러뜨리고 함정에 빠뜨립니다. 그래서 저는 아무도 믿지 않습니다. 또한 저들보다 더 교활하고 사악해지려고 합니다. 맞습니다. 그 소문은 제가 냈습니다."

 상대를 혼란하게 하면서 의구심을 불러일으켜 상대를 자신의 생각에 끌어들이는 놀라운 화술이라고 할 수 있었다.

"이유를 알 수 있겠습니까?"

 원래 진무성이 시인하면 모두가 발설하지 않기로 한 것이 아니었냐고 따질 생각이었던 그였지만 질문은 다른 것이 나오고 말았다.

"그들이 저를 죽이는 것을 일순위로 삼게 하기 위해서였습니다. 제가 오늘 세 분을 모신 것은 부탁을 드릴 것이 있어서입니다."

"무슨 부탁인지 말해 보십시오."

 진무성은 종이 한 장을 꺼냈다.

"거기에 제 동선이 자세히 적혀 있습니다. 가는 동안 흑도파들 여럿을 제거할 생각입니다. 그때마다 창룡의 짓이라는 소문을 좀 내 주십시오."

"적에게 아예 동선을 까발리겠다는 겁니까? 그건 안됩니다!"

 백리령하가 강하게 반대했다.

"소문만 내 주시는 것인데 그것도 안된다는 것입니까?"

"제 말은 그 말이 아닙니다. 진 형 혼자 그런 위험을 감당하게 하는 것은 정의와 협을 우선으로 삼는 천외천궁의 일원으로 찬성할 수 없다는 것뿐입니다."

"그럼 그들을 끌어들일 다른 좋은 방법이 있으십니까?"

잠시 생각하던 백리령하는 결심한 듯이 말했다.

"제가 진 형과 함께 움직이겠습니다."

"백리 형까지 위험에 발을 들일 필요가 있겠습니까?"

"정파인은 위험이 두려워 신의를 버리지 않습니다. 진 형과 저는 이미 친구입니다. 전 진 형 혼자 도산검림에 뛰어드는 것을 그냥 보고만 있을 수 없습니다."

"그래요. 백리 공자의 말이 맞습니다. 저도 진 대협과 함께 움직이겠습니다."

곽청비까지 같이 움직이겠다는 말에 진무성은 곤혹스러운 표정으로 말했다.

"생각처럼 제가 위험하지는 않습니다. 곽 검주까지 저와 함께 움직이다. 부상이라도 당한다면 정파에서 저를 욕할 것입니다."

"왜 정파가 욕을 한다는 거지요?"

"검각이 정파에 얼마나 중요한 문파인지 저도 압니다. 그런데 다음대 검각을 이끌어가실 검주께서 저 때문에 다치신다면 정파로서는 엄청난 손해가 아니겠습니까?"

"그래, 곽 검주까지 따라갈 필요는 없을 것 같다."

백리령하까지 슬쩍 끼어들며 반대를 하자 고가청비는 아미를 치켜뜨며 말했다.

"백리 공자는 되고 왜 나는 안되는데? 난 진 대협과 함께 할 거니까 빠지려면 백리 공자나 빠져."

"넌 왜 쓸데없는 고집을 부리는건데? 넌 단목 공자를 도와서 소문을 내는데 주력해. 난 진 형을 도울테니까."

백리령하와 곽청비의 눈에서 불꽃이 튀기는 것이 보이고 있었다.

진무성은 상황이 이상해지자 단목환을 쳐다보았다. 어떻게 좀 해 보라는 의미였다. 하지만 단목환이라고 뾰족한 방법이 있을 리 없었다.

그는 어깨를 들썩이고는 모른 척했다.

진무성은 둘 다 데리고 갈 생각이 없었는데, 둘은 서로가 가겠다고 언쟁을 하고 있으니 둘 다 안 데려가겠다고 말하기도 어려워지고 있었다.

* * *

"그런데 진 형, 최종 목적지는 어디입니까?"
"적운산입니다."

"적운산이요? 거기는 왜 가시는 건데요?"

'건데요? 적응 안 되게 말투까지 이상하게 하네?'

곽청비의 말투가 영 마음에 안 드는지 백리령하는 입술을 삐죽했다. 언제나 남자처럼 행동하는 그녀가 자신도 입술을 삐죽거렸다는 것을 그녀는 알까……

'이것 참! 이게 동행이 되긴 되나?'

어쩔 수 없이 백리령하와 곽청비 모두와 함께 동행을 하게 된 진무성은 둘 사이에 또 뭔가 알 수 없는 기류가 흐르는 것을 느끼고는 같이 갈 수 없다고 확실하게 자르지 못한 것을 후회했지만 이젠 바꿀 수도 없었다.

"그곳에 사망동이 있습니다."

"사망동이면 무림 사대 금지 구역으로 불리던 곳 아닙니까?"

적운산에 왜 가느냐고 물은 것은 자신인데 백리령하가 대화를 가로채자 곽청비의 아미가 살짝 좁아졌다.

"귀가가 대무신가의 비밀 안가 역할을 하는 것 같더군요. 그렇다면 사대 금지 구역을 다 조사해 볼 가치는 있지 않겠습니까?"

"하긴 그러네요."

곽청비가 재빨리 답을 가로채자 답을 하려던 백리령하의 코가 살짝 찡그려졌다. 미묘한 긴장 관계가 계속 이어지자 진무성은 슬쩍 화제를 바꿨다.

"포양호가 동정호에 맞먹을 정도로 크다고 하더니 대단하지 않습니까?"

지금 그들이 지나는 곳은 강서 최대 호수인 포양호였다. 수많은 묵객(墨客)들이 찬양하는 시를 지었다는 포양호는 크기로는 동정호에 조금 밀리지만 아름답기로는 동정호보다 더 유명했다.

"정말 크긴 크네요."

"크기도 하지만 아름답네요."

둘은 금방 미소를 지으며 진무성의 말에 반응을 보였다.

그녀들은 지금 자신들이 얼마나 본래의 그녀들과 다른 행동을 보이고 있는지 모르고 있었다.

"저곳이 처음으로 일을 시작할 곳입니다."

진무성은 남동쪽 방향을 보며 말했다.

그곳에는 상당한 거리임에도 눈에 보일 정도로 큰 전각들이 모여 있는 도시가 보였다.

강서의 성도이자 최대 도시인 남창이었다.

"남창으로 가신다는 겁니까?"

"원래 목표는 남창이 아니고 거기서 일마장 정도 떨어져 있는 오의현이라는 곳입니다. 하지만 남창에 들르기는 해야겠지요. 허락도 안 받고 문제를 만들면 황보세가에서 가만있겠습니까?"

남창은 무림 오대세가 중 한 곳인 황보세가의 총가가 있는 곳이었다.

진무성의 말을 들은 백리령하와 곽청비는 서로를 한 번 보더니 물었다.

"진 형, 황보세가에 아는 분이 있습니까?"

"안타깝게도 아는 사람이 전혀 없습니다."

"황보세가는 성격이 아주 강해서 처음 대화하는 것이 그리 쉽지 않다고 들었습니다."

"오대세가 중 성격이 강하지 않은 문파가 있던가요?"

오대세가는 나름 모두 성격이 있었다.

남궁세가는 원칙에 어긋나는 것을 절대 보지 못하는 고지식함, 당가는 한 번 척을 지면 다시 가까워지기 어려운 배타적인 성정, 팽가는 자신들이 최고의 명문이라는 자부심, 제갈세가는 모든 것을 다 안다는 자신감 등이었다.

그래서 사람들은 오대세가에 대해 말할 때 성격이 강한 곳이라고 했다.

한마디로 공통적으로 전부 고집이 세다는 의미였다.

"하긴 오대세가가 모두 그렇긴 하지요. 그럼 진 대협은 무슨 허락을 받으시려고 하시는데요?"

곽청비의 반문에 진무성은 잠시 생각하더니 말했다.

"강서에서 악양의 기루에 여자를 대는 조직이 있는데 그게 오의현에 있는 흑도파라는 정보가 있었습니다."

"……인신매매를 하다니 진정 천인공로할 놈들이 아닙니까? 한데 그런 놈들이 황보세가의 총가가 있는 남창에서 일마장 정도밖에 떨어져 있지 않은 곳에 있다니 놀랍군요?"

"제가 흑도파들을 없애면서 알아낸 것 중에 하나가 그 지역의 정파들도 그들의 악행을 대부분은 알고 있다는 것이었습니다. 흑도들은 양민들로 분류가 되니 건드리지 않는 이유가 되긴 된다고 봅니다. 하지만 그들에게 상납까지 받고 있다면 거기에 대한 책임은 져야 한다고 봅니다."

"진 형, 설마 황보세가에서 그놈들에게 상납을 받고 있다고 책임을 물으시겠다는 것은 아니지요?"

"지금까지 관행적으로 해 온 일을 갑자기 책임을 묻는다고 정파와 척을 지는 것은 지금 상황에서 전혀 도움이 안 되겠지요. 그래서 그들을 제거하려는 데 모른 척해 달라는 부탁도 하고 더 이상 그런 자들을 묵인하는 일은 하지 말라는 경고도 같이하려고 합니다."

백리령하와 곽청비의 아미가 살짝 좁아졌다.

무림 오대세가 중 하나인 황보세가에 다짜고짜 방문해 경고를 한다는 것은 싸우자는 것이나 다름이 없기 때문이었다.

"진 대협, 창룡이라는 것을 밝히실 생각이신가요?"

"밝혀야 합니까?"

"밝히지 않는다면 황보세가에서 진 대협 말씀을 들어 주기나 할까요?"

"밝혀야 한다면 밝혀야겠지만 이번은 좀 다르지요. 그들이 환대할 분들과 함께 가고 있으니까요?"

"또 누가 옵니까?"

백리령하가 의아한 듯 묻자 진무성은 미소를 지으며 답했다.

"두 분이 계시지 않습니까? 정파에서 천외천궁과 검각을 무시할 곳이 있겠습니까?"

"저희요?"

천외천궁과 검각을 정파에서 대접을 해 주는 것은 맞았다. 하지만 두 세력은 최대한 스스로의 행적을 드러내지 않는 것을 좌우명처럼 지키는 곳이었다.

"그 정도도 안 해 주신다면 굳이 저와 함께 다니실 이유가 있겠습니까?"

둘은 아무 말도 하지 못했다.

안된다고 하면 같이 갈 수 없다고 할 것이 뻔했기 때문이었다.

　　　　　＊　＊　＊

　무림맹주 집무실.
　하후광적과 제갈장우가 둘이 대화를 나누고 있었다. 이런 독대는 아주 드문 일이었다. 둘의 표정도 심각한 것이 매우 중요한 대화를 나누고 있음을 알 수 있었다.
　하후광적의 앞에는 깨알 같은 글씨가 가득 적혀 있는 작은 쪽지가 놓여 있었다. 전서문이었다.
　"제갈 군사의 생각은 어떠냐?"
　"지금 제황병의 등장으로 만 명이 넘는 무림인들이 대무신가 추격에 혈안이 되어 있습니다. 그런데 천년마교의 다시 나타났고 그것이 대무신가라는 소문까지 사실로 밝혀진다면 무림에 큰 혼란을 야기할 것입니다."
　"이미 혼란은 시작됐다고 생각하는데 아닌가?"
　"소문은 사실로 밝혀지지 않는다면 결국 소멸됩니다. 하나 무림맹에서 사실이라고 확인을 해 준다면 그때부터는 진짜 혼란이 시작될 것입니다."
　"군사는 그럼 숨기자는 말인가?"

"아직 결정은 하지 못했습니다. 조금 더 단목 공자의 보고를 분석한 후에 어찌해야 할지 말씀드릴 수 있을 것 같습니다."

"장마종에 대한 보고는 어떻게 생각하나?"

"단목 공자와 천외천궁의 공주, 검각의 검주까지 세 분의 협공에도 우위에 서지 못했다는 것은 구마종일 확률이 큰 것은 사실입니다. 하지만 그것 역시 공표를 하는 것은 좀 더 신중해야 할 것입니다."

"사실이라면 정파도 준비를 해야 하지 않겠나?"

"해야 합니다. 이미 소집령을 냈고 각 문파에서 이미 제자들이 속속 총단에 모이고 있습니다. 우선 그들을 잘 정비하고 좀 더 상황이 확실하게 정리가 되면 그때 본격적으로 알리는 것이 좋을 듯합니다."

고개를 끄덕인 하후광적은 마지막 질문을 던졌다.

"창룡에 대한 보고는 어떻게 생각하나?"

"보고서를 면밀히 보면 단목 공자께서는 창룡이 누구인지 정체를 이미 아시는 것 같습니다."

"군사도 그렇게 느꼈나?"

"예."

"환이는 어떤 사안도 내게 감춘 적이 없다. 그런데 보고서에 그가 누구인지를 말하지 않았다. 이유가 무엇인 것 같은가?"

"단목 공자께서 이러시는 것은 창룡과 어떤 약조를 한 것이 아닐까 싶습니다."

"도대체 창룡이 누구기에 환이가 내게도 말을 하지 못한단 말인가?"

약조를 했다해도 성격상 약속보다 대의를 먼저 생각하는 단목환이 하후광적에게까지 말을 하지 못한다는 것은 창룡과 약속을 꼭 지켜야 한다고 생각한다고 봐야 했다.

"제가 진무성이란 자에 대해 알아보던 중, 몇 가지 새로운 사실을 알아냈습니다."

"군사가 창룡일 수 있다고 한 자 말인가?"

"예."

"말해 보게."

"대무신가에서 은밀하게 용모파기를 돌리며 찾던 자가 있었다고 합니다. 다행히 개방에서 그 용모파기를 입수해서 가지고 있었습니다. 그런데 얼굴이 진무성이란 자와 매우 흡사하다는 것입니다."

하후광적은 잠시 생각하더니 물었다.

"사람이 더 필요한가?"

"진무성이란 자에 대해 좀 더 면밀히 조사를 하기 위해서는 무밀단을 사용하고 싶습니다."

"알겠네. 무밀단주에게 말해 둘 테니 면밀히 조사해 보게."

"감사합니다."

"그리고 대무신가와 구마종에 대한 것은 우리 둘만 알고 있는 것으로 하세."

"그렇게 하겠습니다."

제갈장우가 나가자 하후광적은 심각한 표정으로 종이 하나를 꺼냈다.

그리고 뭔가를 적기 시작했다.

하후광적이 드디어 그의 비밀 친위대를 부르기로 결정한 것이다.

* * *

황보세가의 정문을 경비하던 황보신은 척 보기에도 범상해 보이지 않는 세 명의 방문객을 보자 긴장한 표정으로 포권을 하며 물었다.

"이곳은 황보세가입니다. 무슨 일로 오신 것입니까?"

말에서 내린 진무성은 맞권을 하며 말했다.

"저는 진무성이라고 합니다. 가주님을 뵙고 싶은데 가능하겠습니까?"

"혹시 가주님과 약속이 있으십니까?"
"약속은 없었습니다."
"그렇다면 만나시는 것은 불가능하십니다. 배첩을 주시면 제가 올리고 답을 드리겠습니다."
"제가 그럴 시간은 없습니다."
진무성은 슬쩍 백리령하와 곽청비를 쳐다보며 말했다.
"이제 두 분이 나서 주셔야 할 것 같습니다."
진무성의 말에 곽청비와 백리령하가 동시에 말했다.
"그래 이번은 내가 양보할 테니까 백리 공자가 말해."
"지금은 곽 검주가 나서는 것이 좋겠다."
둘은 순간 진무성을 보았다. 그리고 그의 표정에 실망이 보이는 듯하자 안 되겠다고 생각한 듯 태세를 전환했다.
"곽 검주가 그렇게 말하니 내가 나서지, 뭐."
"백리 공자가 하기 싫다니 내가 나설 수밖에 없겠네."
'저게……'
'쟤는 나서라고 할 때는 안 나서더니 내가 나서니까 나서네?'
"곽 검주, 내가 언제 싫다고 했어? 내가 보기에는 곽 검주가 꺼려 하는 것 같은데?"
백리령하가 선공을 펼치며 앞으로 나서자 곽청비도 앞

으로 나서며 질세라 황보신을 보며 말했다.

"검각에서 사람이 찾아왔다고 전해 주실 수 있겠습니까?"

"예?"

황보신은 검각이라는 말에 깜짝놀라 반문했다.

"저는 천외천궁에서 나왔습니다."

백리령하도 급히 말했다.

"사, 사실이십니까?"

"금방 들통날 거짓말을 하겠습니까?"

"잠시만 기다리십시오."

황보신은 다른 무사들에게 경비를 잘 서라는 듯 눈짓을 하고는 급히 안으로 뛰어들어갔다.

그리고 다시 곽청비와 백리령하의 눈이 마주치며 불꽃이 튀었다.

(창룡군림 10권에서 계속)

환상이 숨쉬는 공간 파피루스 blog.naver.com/gnpdl7

회사 때려치우고 카페 합니다

펩티드 현대판타지 장편소설

야근에 잔업, 죽어라 일만 하던 어느 날
할아버지가 돌아가셨다는 연락을 받았다
하지만 회사의 반응은 싸늘한 업무 지시뿐

"이런 X같은 회사, 내가 나간다."

그렇게 사표를 던지고 내려온 고향
할아버지가 남긴 카페로 장사나 하려는데
이 카페, 뭔가 심상치 않다?

─상태 : 만성 피로, 극도의 스트레스
>김하나의 손재주

"뭔가 이상한 게 보이는데?"

손님의 고민을 해결하고 재능을 물려받자
바쁜 일상 속의 단비 같은 힐링이 시작된다!

환상이 숨쉬는 공간 파피루스 blog.naver.com/gnpdl7

『백면야차는 죽어야 한다』

『바바리안』, 『망향무사』 성상현의 자신작!

『회생무사』

마교 부교주, 백면야차(白面夜叉)의 직속 수하이자
무림맹의 간자로서 활동했던 장평

토사구팽의 위기에서
회귀의 실마리를 잡게 되었지만

"모든 비밀은 마교 안에 있다."

다시 찾은 약관의 나이
진정한 의미의 새로운 삶을 찾아가기 위해서는
백면야차의 죽음만이 필요할 뿐이다.

새로운 시대의 영웅이 될 장평
평온한 삶을 추구하는 한 남자의 복수극이 시작된다!

환상이 숨쉬는 공간 파피루스 blog.naver.com/gnpdl7

구사(龜沙) 대체역사 장편소설

서울역 세종대왕

과거와 미래를 오가는 세종대왕의 일대기!

『서울역 세종대왕』

"저승은 분명 아니고…… 혹시 선계?"

열병을 앓고 미래의 조선에 도착한 이도
신문물의 향연에 어리둥절해하던 것도 잠시

"허어, 오이도에 왜구가 나타난다고?"

예언서나 다름없는 조선왕조실록
미래의 물건을 가져오는 능력까지

과거를 뒤바꾸고 강대국의 초석을 쌓아라
전지전능 세종대왕의 위대한 치세가 시작된다!